OWAL

Mignon et INCOMPREHENSIBLE

Under Stand Fucking Cutie

POURQUOI TU NE VEUX PAS ?
Ah !
PARCE QU'ON EST DEUX HOMMES ?
Il y a plusieurs raisons en fait.
Parce qu'on est dans une salle de classe...

Et que dans l'enceinte de la fac...

Tsumutsumu

980 «j'aime»
Tsumutsumu – Attends !

#Naka-chan #porte #mon t-shirt !! #Vêtement de détente
#Merci #Je suis trop content #Je l'adore
#Je l'ai chevauché après ça

17 juin

Mignon et Incompréhensible

HANA

www.boys-loves.fr

Responsable Editorial & Production : Tony
Maquette par Justine Mouron
Traduit du japonais par Amandine Martel

Dépot légal : Novembre 2021
ISBN 978-2-38276-075-8
ISSN 2743-4435

Imprimé par GZ Digital Media as

Bonjour, c'est Owal !
Merci beaucoup d'avoir acheté ce manga !
Je voulais dessiner un tome centré sur l'érotisme,
mais Tsumugi est trop frivole,
Hiii
et son Sensei n'est pas très axé sur la chose !
CRAC
HU HU HU !
HA HA HA !
NO
J'ai fait de nombreux essais...
Puis, une fois arrivée à la vérification du scénario du dernier chapitre...
Ma responsable
BOBOM
さら さら
SCRIT
SCRIT
FLAP
C'est le jour anniversaire de notre amour réciproque,
C'est le jour anniversaire de la première fois où tu m'as enlacé, Naka-chan...
je voulais
Commentaires au stylo rouge
ELLE A RAISON !!
Cette simple phrase résume tout...!
Naka-chan, faisons-le !
Non.
Ma responsable m'a très souvent aidée,
et c'est grâce à elle que j'ai pu sortir ce manga !
Mais non voyons !
Je serais heureuse que cette histoire vous ait plu ne serait-ce qu'un peu !
J'espère vous retrouver une prochaine fois !
Merci à tous ceux qui m'écrivent !! Je continuerai à faire de mon mieux !!
Merci infiniment d'avoir lu ce livre !
SNIF
C'était amusant de dessiner les deux amis dans cette position ! L'idiot x le cool...
Special Thanks!
✦ Mon super assistant Mikan-sensei
✦ Le designer Shirokawa-san (Entokyu)
✦ Tous ceux ayant participé à ce livre !
Twitter @_owal_

BOBOM
TSUMUGI...
SLURP
Aah !
Haa !
FRISSON
Aah...
Aah !
PLISH
PLISH
FRISSON
FRISSON
FRISSON
SCHLIK !
FRISSON
PLISH PLISH PLISH
.....!
FRISSON
Merde...
J'EN AI TROP FAIT...
TREMPÉ...
ÉPUISÉ
IL EST PEUT-ÊTRE TEMPS D'ALLER ACHETER UN NOUVEAU LIT ?
UN OÙ ON POURRA DORMIR À DEUX...
AH !
!
GÉNIAAAL !! UN LIT D'AMOUREUX !!
Il est vraiment robuste ...
SWOUP !

BLUUSH
J- J'AI...!
HAA !
URI...!
HAA !
HAA !
HAA !
HAAA !
NAKA-CHAN !
TU...! TU AS VU ?!
HAA !
BIEN SÛR.
J'AI TOUT VU.
PLAF
PLAF
BRAVO, TE VOILÀ UN HOMME-FONTAINE.
HEIN ?!
HAA ! HAA !
C'est...!
C'est ce que tu voulais, non ?
À CHAQUE VA-ET-VIENT,
ÇA COULE PETIT À PETIT...
PINCH
Aah !
HAA !
PLIC
PLAF
HAA !
Aah !
Hé hé !
PINCH
FRISSON
PLIC
PLAF
TROP MIGNON...

Aanh! Aah!
HAA!
HAA!
HAA!
HAA!
Si tu conti-nues aussi inten-sément ...!
FRISSON
PAF
PAF
PLAF
PLAF
PLISH
PLAF
PLISH
PLISH
SWOUP
SLURP
!
SLURP
HAA!
HAA!
Aah!
Aah!
PLAF
PLAF
Aaaaah!!
FRISSON
FRISSON
PSIIIT !
PLISH

ON LES PUNIT.
PLUSH
FRISSON
PLAF !
PLUSH
PLIC
FRISSON
Nnnh !
C'EST TOUT GLISSANT À L'INTÉRIEUR...
NON ! STOP !
PLAF
PLAF
SCHLIK
SCHLIK
SI TU ME TITILLES TROP,
JE VAIS PERDRE LA TÊTE !
HAA !
AANH !
SLURP
SLURP
HAA !
IMPOSSIBLE DE M'ARRÊTER DE JOUIR ...!
HAA...!
GNN
PLAF
JE VOIS. DANS CE CAS...
HAA...!
JE VAIS Y ALLER À FOND !
Aaaah !
FRISSON
PLUSH
FRISSON

TOIII...!!
Je l'ai trouvé par terre !
Hé hé !
PAFF
PAFF
NE TOUCHE PAS AUX VIDÉOS PORNOS DES AUTRES !
FRISSON
Aanh !
Non !
FRISSON
Aanh !
FRISSON
MHH...
FRISSON
FRISSON
ET QU'EST-CE QU'ON FAIT AUX VILAINS GARÇONS...?
Aah !
FRISSON

SWIP
J'ai beau recommencer encore et encore,
je n'arrive pas à devenir un homme-fontaine...
PLIC
PUSH
QUE...
GLOUPS
L'extra-terrestre a encore fait des siennes !
AH... NAKA-CHAN...
QU'EST-CE QUE TU FAIS ?!
HAA !
HAA !
JE VOULAIS DEVENIR UN HOMME-FONTAINE...
SNIF
QUOI ?
AH !!
AAANH
L'HOMME FONTAINE OBSÉDÉ DELUXE DX

JE SUIS RENTRÉ.
しーん…
SILENCE
Il fait sombre...
HM ? IL DORT ?
パチッ
CLIC
FLASH
HAA!
HAA!
!?
FRISSON
PLISH
PLISH
PLISH
PLISH

Quand il m'a murmuré pour la première fois
qu'il m'aimait à l'oreille...
J'étais si heureux que mon cœur a failli s'arrêter de battre...
BOBOM
DAMM !
BON, C'EST DÉCIDÉ !!
Gooogle
Comment devenir un homme-fontaine
Tous – Vidéos – Images – Shopping – Actualités
Comment se masturber pour devenir un homme-fontaine
TAP
TAP
TAP
Livraison 24h
Le caleçon de Naka-chan...
HAA
FRISSON
Nh !
PLISH
PLISH
PLISH
HAA
J'espère qu'il sera content si je deviens un homme-fontaine !
Aanh !
VRR
VRR
VRR
VRR

J'ai trouvé un porno appartenant à Naka-chan !!
L'HOMME-FONTAINE ?
Je vois, je vois...
IL AIME CE GENRE DE CHOSES APPAREMMENT...
À GENOUX SANS S'EN RENDRE COMPTE.
Naka-chan...
Je vais faire des courses.
Il est venu me sauver alors que je travaillais dans l'industrie du sexe pour l'argent,
et il m'a accepté...
Venu me sauver
Moi qui pensais que tous les moyens étaient bons pour réaliser mon rêve,
il a changé ma façon de vivre...
après les cours
Leçon
Exercices de designs
Mon Naka-chan adoré.
Doué pour le sexe
C'est mon Prince.

Un mois s'est écoulé depuis que je vis chez Naka-chan.
L'appartement est petit,
et il n'y a pas de chauffage au sol, pourtant...
Ménage !
C'est ma forteresse du bonheur !
OH ?
SUUT
IL Y AVAIT QUELQUE CHOSE PAR TERRE !
FLAP
UN DVD !
L'HOMME FONTAINE OBSÉDÉ DELUXE DX
BONUS : MIGNON ET PUR
OUAAAH !
MIGNON ET PUR 8 EXTRA

C'EST QUE...
AUJOUR-D'HUI...
C'EST LE JOUR ANNIVERSAIRE DE LA PREMIÈRE FOIS OÙ TU M'AS ENLACÉ DE TOI-MÊME, NAKA-CHAN...
Je voulais fêter ça...
!
BON, JE N'AI PAS MANGÉ CE MIDI, ALORS...
J'AI FAIM...
Je crois ..
PAAH
Mais finalement, je le trouve mignon en toutes circonstances...
Allez, fais «aah» !
C'est bon, je peux manger seul...
J'ai perdu.
FIN

JE SUIS RENTRÉ.
Des décorations ?
BI EN VE NUE
LA FÊTE EST PAR LÀ
QU'EST-CE QUI SE PASSE ENCORE ?
...
C'est vrai que c'est un extraterrestre,
et qu'il est incompréhensible...
NAKA-CHAN !!
PAAH !
BIENVENUE !!
DIS DONC ! CES SUSHIS !
HAUT DE GAMME
ILS ONT L'AIR DÉLICIEUX, PAS VRAI ?!
Livraison grâce à mes économies secrètes !!
ON NE PEUT PAS SE PAYER LE LUXE DE TON ANCIENNE VIE ICI.
JE VAIS DEVOIR T'APPRENDRE LA VRAIE VALEUR DE L'ARGENT.
Je vais les congeler et m'en servir dans nos bentôs.
AH !!
SRRR
HIII !!
ARRÊTE !! JE VOULAIS TE MONTRER LES AVANTAGES D'UNE FEMME AU FOYER !!

MOI AUSSI,
JE T'AI-ME.

Aah !
Je...!
Aah !
Aah !
...me !
Je...!
T'ai ...!
Haaa...!
Je t'aime !
Naka-chan !
Aanh !
SCHLIK
FRISSON
SCHLIK
....!!
FRISSON
PLIC
Aaaah ...!!

PLAF !
PLAF !
PLISH
PLISH
PLAF !
PLIC
FRISSON
Aah... ♡
TU LE SENS ? ICI...
PAF ♡
PAF ♡
PAF ♡
PAF ♡
NNH...
C'EST LA PREMIÈRE FOIS QU'ON TE PREND AUSSI PROFONDÉMENT ?
FRISSON
HAA !
HAA !
PLIC
HAA !
Aaaah...! ♡
FRISSON
FRISSON
FRISSON
....!
Non !
Naka-chan...!
PLAF !!
C'EST SI BON QUE TU N'ARRIVES PLUS À RÉFLÉCHIR ?
C'EST BIEN...
Aaaah...! ♡
GRIP
PLAF
PLISH
Aaaaah...! ♡

Haa!
Haa!
SCHLIK...
FRRT
TU AS JOUI À LA PÉNÉTRATION ...?
FRRT
PLUSH
SLURP
MHH...
SLURP
HAA
TU ES SENSIBLE...
PLUSH
HAA
PLAF !
JE VAIS T'AIMER COMME PERSONNE NE T'A JAMAIS AIMÉ !!
AAAH ?!!

FRISSON
Ouaah ?!
FRISSON
FRRT
FRRT
PLUSH
Aah !
SLURP
HAA !
ATTENDS ...!
GSH
HAA !
PLUSH
PLUSH
SI TU ME PÉNÈTRES MAINTENANT ...!
SWIP...
Aa aa ah !!
FRISSON
PLAF !
PLUSH !
FRISSON

ぬぽ…
PUSH
ずる
PLIC
FRISSON
Nnh !
HAA !
....! ♡
HAA !
FRISSON
FRISSON
FRISSON
PLIC...
HAA !
HAA !
HAA !
HAA !
BOBOM
HAA !
HAA !
BOBOM

HAA !
JE VAIS JOUIR TOUT DE SUITE ...!
JE...!
HAA !
HAA !
C'EST VRAI-MENT TROP BON AUJOUR-D'HUI...
AAH !
NON !
PINCH
BOBOM
PAF
PAF
PLAF
PLISH
PLISH
PLAF
CROC
VAS-Y.
FRISSON
Aanh !
Nh !
Aah !
Aaaaah ...!
SLURP
SCHLUK
SCHLIK
Aah !
PLUC
PLIC
PLIC
GNN...
SCHLIK

PLISH
Aah!
Aah...
PLISH
GSH...
GRIP
ÇA RENTRE!
HAA!
SMACK
NE FUIS PAS.
HAA!
SMACK
JE VAIS TE FAIRE AUTANT DE BIEN QUE POSSIBLE.
SLURP
AAH...!
SLURP
ALLEZ... EMBRASSE-MOI...
SLURP
Nnh!
Aanh!
SLURP
PLAF
FRISSON
PLAF
PLISH
PLISH
PLISH
PLISH
FRISSON
PLAF
PLAF
Haa
Nnh!
SLURP

Aah! ♡
Aah! ♡
HAA!
HAA!
Nakachan!
Aanh! ♡
HAA!
Att...! ♡
Aah! ♡
FRISSON ♡
PUSH
HAA!
HAA!
PLAF
PLAF
PLAF
Attends!
PLAF
PUSH...
VSH
AH, IL S'EST RETIRÉ.
HAA! HAA! HAA!
HAA!
HAA!
FLOM...
HAA!
EMBRASSE-MOI...
MHH... ♡
HAA!
SLURP ♡
HAA!
Haaa! ♡
HAA...!
PLAF
FRISSON

SMACK
!!
GSH
FRRT
BOBOM
MHH
SLURP
SLURP
Haaa
FRISSON
SLURP
SLURP
FRRT
Nh...!
FRRT
FRISSON
Nnh !
HAAA
JE VAIS T'ENLACER.

NHH !
PFOFF !
QUE...!
NAKA-CHAN ?
SST

BOBOM
MAIS TU N'ES MÊME PAS GAY COMME MOI...
Il est sérieux...?
Il m'aime au point d'être jaloux...?
BOBOM
C'est quoi ça...?!
BLUUSH
VIENS !
AH !

JE NE SUIS AVEC PERSONNE... MOI AUSSI, JE ME RETIENS...
JE TE L'AI DÉJÀ DIT...
J'AI DÉCIDÉ DE M'OCCUPER DE TOI ET SI JE TE TOUCHAIS, JE NE SERAIS PAS DIFFÉRENT DE KIRYÛ-SAN.
ÇA N'AURAIT DONC AUCUN SENS
QUE TU SOIS PARTI DE CET APPARTEMENT.
CE N'EST PAS DU TOUT PAREIL !!
TOI ET PAPA ÊTES TOTALEMENT DIFFÉRENTS !!
GRAB !
JE N'AI JAMAIS CUISINÉ POUR LUI,
ET MÊME SI JE DÉTESTE FAIRE LA LESSIVE ET LE MÉNAGE...
JE TROUVE ÇA AMUSANT QUAND JE PENSE QUE TU SERAS CONTENT, NAKA-CHAN.

OUAH...
JE SUIS TROP TRISTE RIEN QUE DE L'IMAGINER...

AH...
チャ
CLAC
...DIS...
TU NE VEUX PAS DE MOI ?
AU CONTRAIRE,
ET C'EST ÇA QUI M'ENNUIE !
C'EST PARCE QUE...
J'AI ÉTÉ SALI PAR PLEIN DE VIEUX ?
QUOI ?!
PAS DU TOUT !!
JE N'AI JAMAIS PENSÉ ÇA UN SEUL INSTANT !!
ALORS POURQUOI...
AH !
PARCE QUE TU SORS ET COUCHES DÉJÀ AVEC QUELQU'UN ?
HEIN ?

Il m'agace toujours, seulement ...
Moins qu'au début, et ça m'énerve...
POF
TON REPAS ÉTAIT TRÈS BON, MERCI.
TU PEUX ME REMERCIER EN M'EMBRAS-SANT !
BOBOM !
SMACK
SUR LE FRONT ?!
C'ÉTAIT MOINS UNE...

Naka-chan, tu travailles dur ! Voici un petit cadeau pour t'encourager !
Tsumugi
Une liaison d'un soir me suffit.
Je n'ai pas envie de mettre de l'énergie dans une relation amoureuse.
Lui alors...
NON, MÊME AVANT MON EX EN VÉRITÉ...
Depuis que ce garçon est parti avec mon argent,
je n'ai pas eu de partenaire régulier.
Personne n'a jamais fait tout ça pour moi...
Un jeune homme libre qui ne se soucie pas de ce que les autres pensent...
Ça m'intrigue, mais...
Bon courage !

C'EST VRAI QUE TU ES TELLEMENT POPULAIRE QUE TU N'AS PAS BESOIN DE FAIRE LE PREMIER PAS !
DE TOUTE FAÇON,
C'EST NAKAHARA LUI-MÊME QUI EST VENU NOUS VOIR QUAND TU ÉTAIS ABSENT.
IL AVAIT L'AIR TRÈS INQUIET.
ALORS ENCORE UN PETIT EFFORT ET ÇA DEVRAIT MARCHER...
EUH...
HÉ HÉ...
OUAAH, TU AS L'AIR AUX ANGES...
Immeuble Aoyama
FIOUU...
JE VAIS BOIRE UN CAFÉ...
AH ! NAKA-CHAN !
QUE... ?!
Ooh, tu es un étudiant de Nakahara-san ?
TOI ! QU'EST-CE QUE TU FAIS ICI ?!
OUSTE !
OUSTE !
VOUS AUSSI, RETOURNEZ TRAVAILLER !
TIENS, C'EST POUR TOI !

JE CROYAIS QUE TU NE FAISAIS QUE TAQUINER SENSEI, MAIS T'ES SÉRIEUX ?!
OUI, JE LE SUIS DEVENU !
COMMENT JE PEUX FAIRE POUR QU'IL COMPRENNE MES SENTIMENTS ?!
HEIN ? ATTENDS, PAS SI VITE...
JE N'AI PAS ENCORE INTÉGRÉ LE FAIT QUE TU ÉTAIS SÉRIEUX...
ET TU VIS DÉJÀ AVEC LUI EN PLUS !
MMMH...
TING !
JE SAIS ! TU DEVRAIS LUI ÉCRIRE UNE LETTRE D'AMOUR !
APRÈS TOUT, TU NE DIS QUE DES BÊTISES QUAND TU OUVRES LA BOUCHE, TSUMU !
C'EST POUR ÇA QU'IL LE PREND À LA LÉGÈRE !
TU AS PEUT-ÊTRE UNE CHANCE AVEC UNE LETTRE !
JE VOIS...!
Lance-toi !
Ta façon de le dire est vexante.
まじめっ
SÉRIEUX
TU ES UN VIEUX OU QUOI ?
ET TOI KAO-CHAN ? TU AS UNE IDÉE ?
NE ME DEMANDE PAS.

OUIIIIIIN !!
IDIOT DE NAKA-CHAN !! IMPUISSANT !! GAY TÊTU, RIGIDE ET TROP SÉRIEUX !!
JE L'AIME RÉELLEMENT DE TOUT MON CŒUR !!
J'AIMERAIS QU'IL LE COMPRENNE !!
ZUP
ZUP
AIDEZ-MOIII !!
WHAM
TSUMU... TU...
BOUUH...
VSH
HEIN ?
HOLLISTAR

TADAAM !
J'AI FABRIQUÉ UN COSPLAY CHAT ! JE SUIS LÀ POUR TE SERVIR, MIAOU !
MIAAA !
ÇA SUFFIT, JE T'AI DIT !!
バタン
VLAM !

QUE...!
HÉ !!
ZUP
ちゅぽっ
ZUP
ちゅぽ
TU VAS ARRÊTER, OUI ?!!
あぁん
AANH !
VLAM !
ドッ
JE NE SAIS PAS SI TU FAIS ÇA POUR ME REMERCIER OU POUR LE LOYER,
MAIS JE NE VEUX PAS D'UNE COMPENSATION AVEC TON CORPS !
CAR SINON, JE RESSEMBLERAI JUSTE À TON «PAPA» ET C'EST HORS DE QUESTION !
CE N'ÉTAIT PAS MON INTENTION...
BREF !!
JE VAIS PRENDRE SOIN DE TOI ALORS INTERDICTION DE FRANCHIR LA LIGNE !
TOC !
JE VOULAIS JUSTE BATIFOLER AVEC TOI, NAKA-CHAN...
AH, JE SUIS EN RETARD !
Je vais m'occuper de lui parce que je l'ai promis, seulement...
Le fait qu'il me colle continuellement...
Dis ! Attends !
Ne me suis pas !
Je vais te frotter le dos !
Pas la peine !
Dormons ensem...
Non !
Ça m'ennuie...!

J'ai ainsi commencé ma cohabitation avec un extraterrestre.
HMM...
FRISSON
WIP
?
SWOUP
BONJOUR NAKA-CHAN !
HAA...
FRRT
FRRT
TU ES EN FORME DE BON MATIN !
HU HU !
PLISH PLISH
PLISH
PLISH PLISH
TREMBLE
ZUP
ZUP

NO THANK YOU
STOP.
TU N'AS PAS BESOIN DE FAIRE ÇA.
PAS BESOIN ? COMMENT ÇA ?
??
JE SUIS FATIGUÉ, JE VAIS ME COUCHER.
TOI AUSSI, NE TARDE PAS TROP.
L'ÉLECTRICITÉ COÛTE CHER.
MAIS JE T'AIME RÉELLEMENT TU SAIS ?!!

JE T'AIME !
NAKA-CHAN,
JE T'AIME TELLE-MENT !

C'EST MOI QUI T'AI PROPOSÉ DE VENIR ICI,
C'ÉTAIT DONC À MOI D'ALLER LUI PARLER.
TU ME GÂTES TROP...
DÉSOLÉ...
PARDON...
CE N'EST RIEN.
FAIS DE TON MIEUX POUR ÉTUDIER EN ÉCHANGE.
POF
POF
MERCI...
GRIP...
OUI.
GRIIIP
FRRR
J'ÉTOUFFE,
HIROSE...
HM ?
WHAM !

JE SUIS RENTRÉ.
CLAC
NAKA-CHAN !
BONSOIR !
TAP
DIS, DIS ! SERVEUR DANS UN CAFÉ OU VENDEUR DE VÊTEMENTS, LEQUEL EST LE MIEUX D'APRÈS TOI ?
Travaillons ensemble !
Recherche personnel pour ouverture
TADAM !
AUJOURD'HUI, JE SUIS ALLÉ AU CLUB POUR DÉMISSIONNER !
VRAIMENT ?!
JE VAIS CHERCHER UN EMPLOI NORMAL !
LE SALAIRE NE SERA PAS LE MÊME,
MAIS JE COMPTE BIEN AVANCER PAS À PAS !
PASSE-MOI TA MAIN.
WHAM
QUOI ?
HEIN ?!
C'EST MON...?!
COM-MENT ?!
TU ES ALLÉ VOIR PAPA ?

JE NE ME GÊNERAI PAS POUR TE VOLER DIVERSES CHOSES.
PFUH...
CEPENDANT, SI TU NE CONÇOIS PAS UN PROJET
À LA HAUTEUR DE MES ATTENTES,
ÇA N'ARRIVERA PAS.

C'EST POURQUOI JE VOUS L'AI ENLEVÉ.
ET JE NE VOUS LAISSERAI PLUS LE VOIR.
ATTENDS.
DANS CETTE SOCIÉTÉ RIGIDE,
JE ME SENTAIS PLUS À L'AISE D'AVOIR QUELQU'UN DE SI JOYEUX À MES CÔTÉS.
MAIS IL ÉTAIT FINALEMENT TEMPS QUE CELA CESSE.
PRENDS-LES.
FLAP
!
Groupe d'hôtels
FAIS TON TRAVAIL, NAKAHARA-KUN.
JE N'AI PAS L'INTENTION DE TE RENVOYER SUITE À CETTE AFFAIRE.

SES FRAIS UNIVERSITAIRES SONT ASSEZ ÉLEVÉS.
JE NE VOIS PAS COMMENT UNE PERSONNE AVEC UN TRAVAIL ORDINAIRE POURRAIT LES PAYER.
J'ASSUMERAI.
ET CE NE SERA QU'UNE AVANCE DE TOUTE FAÇON.
TU SOUHAITES DONC LE «REMETTRE SUR LE DROIT CHEMIN» ?
ADMETTONS...
MAIS NE SERAIT-CE PAS JUSTE TON EGO QUI PARLE ?
SI, PROBABLEMENT.
PEUT-ÊTRE QUE JE SUIS DEVENU SENTIMENTAL EN COUCHANT PLUSIEURS FOIS AVEC HIROSE.
MÊME SI JE NE CROIS PAS FAIRE GRAND-CHOSE POUR LUI.
d'hôtels
QPA
hôtel
design
MAIS IL SOURIT
AVEC UN AIR SI TRISTE...
POUR UN IDIOT...
Groupe d'hôtels
QPA
Nouvel hôtel
Planning desig

SELON LES RUMEURS, TU ES QUELQU'UN D'AVARE.
C'EST POUR L'ARGENT ?
QU'EST-CE QUE TU VEUX EXACTEMENT ?
À PARTIR DE MAINTENANT, NE VOUS APPROCHEZ PLUS JAMAIS DE HIROSE.
TU VAS DEVENIR SON NOUVEAU MAÎTRE ?
HIROSE N'A PAS BESOIN DE MAÎTRE.

J'AVOUE AVOIR ÉTÉ SURPRIS.
JE PENSAIS QU'UN DE SES CAMARADES L'AVAIT AIDÉ.
GSH
...IL M'A TOUT RACONTÉ.
C'EST INADMISSIBLE DE LE VIOLENTER ET DE L'ENFERMER POUR LE PUNIR.
HA HA !
UN EXUTOIRE EST NÉCESSAIRE POUR UN HOMME CONSTAMMENT SOUS PRESSION TEL QUE MOI.
TOUT ADULTE POSSÈDE UN TERRAIN DE JEU.
VOUS AVEZ UNE FAMILLE POURTANT.
SURSAUTE
ET VOUS ÊTES EN PLEINE CAMPAGNE POUR LE LANCEMENT DE VOTRE NOUVEL HÔTEL.
UN SCANDALE DE CETTE AMPLEUR SERAIT TERRIBLE POUR UN DIRIGEANT AUSSI CÉLÈBRE.
«TU» COMPTES ME MENACER ?

VOUS...
PARDON DE VOUS DÉRANGER POUR PARLER AUTRE CHOSE QUE DE TRAVAIL,
KIRYÛ-SAN.
JE SUIS OCCUPÉ, ALLEZ DROIT AU BUT.
TSUMUGI EST CHEZ VOUS, N'EST-CE PAS ?

JE COMPRENDS TON ANXIÉTÉ, SEULEMENT...
POUR AUJOURD'HUI, VA SIMPLEMENT EN COURS.
FRSH
MAIS ...
TES AMIS T'ATTENDENT, TU SAIS.
VA LES VOIR.
YES !
ET FAIT DE TON MIEUX POUR RATTRAPER TES JOURS D'ABSENCE.
CLAC
...BON !

AH !!
BAM !
SURSAUTE
Quoi ?
J'AI OUBLIÉ AVANT DE MANGER DE PRENDRE UNE PHOTO
DU PREMIER REPAS QUE JE T'AI CUISINÉ, NAKA-CHAN !
Je voulais le mettre sur Instagram !
UNE PHOTO ?
AH,
C'EST VRAI QUE JE N'AI PLUS MON SMART-PHONE...
JE SUIS PARTI SANS RIEN DIRE, JE DOIS PRENDRE MES RES-PONSABILI-TÉS !
OUI, C'EST PAS GRAVE !
JE NE ME LAIS-SERAI PLUS ENFER-MER !
LA PROCHAINE FOIS, JE RES-TERAI DANS UN ENDROIT REMPLI DE MONDE POUR DISCUTER AVEC QUELQU'UN !
Fini les salles privées !
HIROSE.

HEIN ? C'EST TOI QUI AS FAIT TOUT ÇA ?
OUI !
VAS-Y, MANGE !
MIOM
BON APPÉTIT...
Ah !
C'EST VRAIMENT COMESTIBLE !
QU'EST-CE QUE TU RACONTES !
PAF !
JE CROYAIS QU'IL Y AURAIT DES COQUILLES DEDANS OU UN TRUC DU GENRE...
JE SUIS PAS AUSSI MALADROIT...
QUAND MA MÈRE EST DÉCÉDÉE, MON PÈRE ÉTAIT SI DÉPRIMÉ
QUE C'EST MOI QUI M'OCCUPAIS DE LA MAISON ET DE MA PETITE SŒUR !
Regardons l'horoscope !
C'EST ADMIRABLE.
BLUSH
NON ! C'EST NORMAL !
ET MA PETITE SŒUR M'AIDAIT, CE N'ÉTAIT PAS SI DIFFICILE !
Elle était très sage en plus !
BOBOM
BOBOM
TU AS BEAU DIRE ÇA, JE TE TROUVE INCROYABLE.
MERCI POUR LE PETIT DÉJEUNER.

BIIIP
TAC TAC
SSHH
TIN !
C'EST VRAI,
L'EX-TRATER-RESTRE EST ICI.
MOUAAH...
BON-JOUR...
BONJOUR ! J'AI PRÉPARÉ LE PETIT DÉJEUNER !
JE NE SAVAIS PAS SI JE POUVAIS TOUCHER AU FRIGO,
ALORS JE SUIS ALLÉ ACHETER DES ŒUFS AU CONVINI D'À CÔTÉ.
DÉSOLÉ D'AVOIR UTILISÉ TA CUISINE SANS PERMISSION !

Chapitre 5

Do Not UnderStand Fucking Cutie

JE T'AIME...
JE T'AIME, NAKA-CHAN...

JE SAVAIS AVANT D'ACCEPTER CETTE RELATION QUE JE PRENAIS DES RISQUES,
C'EST POURQUOI JE NE VOULAIS PAS DEMANDER DE L'AIDE…
JE NE POUVAIS EN PARLER À PERSONNE,
AU POINT QU'UN JOUR, MON CORPS ET MON CŒUR N'ONT PLUS EU D'IMPORTANCE…
MAIS TU ES ARRIVÉ DANS MA VIE, NAKA-CHAN.
J'ÉTAIS PERSUADÉ N'ÊTRE QU'UNE SOURCE D'ENNUIS POUR TOI,
ET POURTANT…

NAKA-CHAN,
TU DORS ?
ZZZ
ZZZ
.....
GSH
Hmm ...
FFT
FFT
MERCI POUR AUJOURD'HUI...

DORS SUR LE CANAPÉ CE SOIR, ON AVISERA DEMAIN.
OK !
ET NE VIENS PAS M'ATTAQUER DANS LA NUIT.
.....
HÉ, RÉPONDS !
CLAC
J'ai réussi à joindre Hirose
Vraiment ?! Géniaaal !
Quel soulagement !
Tant mieux, on était si inquiets !
PFUH...
Je vais aussi devoir aller discuter correctement avec ce «papa»...
SWOUP

VOILÀ OÙ TU HABITES, NAKA-CHAN…
AH, J'Y PENSE. TES AMIS ÉTAIENT TRÈS INQUIETS,
JE VAIS LES PRÉVENIR.
HEIN ?!!
UNE MINUTE !
ILS ONT EU TES COORDONNÉES AVANT MOI ?!
QU'EST-CE QUE ÇA SIGNIFIE ?!
PLIC
PLIC
TROP INJUUSTE !
GRIP
PLUS IMPORTANT, IL FAUT TE SOIGNER !
GRIP
SST
WAFF !
N'ABOIE PAS.

Nous avons ainsi quitté cet appar-tement à la hâte,
et comme si nous faisions une fugue en pleine nuit,
Hirose déclara en riant «Disparais-sons sans laisser de traces !»...

HAA !
Ah ...
ET PAS BESOIN DE TE RETENIR, JE VIENDRAI TE CHERCHER JUSQU'AU BOUT DU MONDE S'IL LE FAUT POUR QUE TU ME REMBOURSES.
Aa aa ah !
Uuh !
Uuh !
LÀ, LÀ !!!
EN PLUS, APRÈS AVOIR TANT PLEURÉ POUR MOI,
POURQUOI TU ABANDONNES SI FACILEMENT DÈS QUE ÇA TE CONCERNE...
Non ...!
C'est que ...!
JE VAIS FAIRE MA VALISE TOUT DE SUITE !!

ET PUIS...
TU ÉTAIS SI SÉRIEUX
LORS DE NOS COURS PARTICULIERS,
OU POUR LE CONCOURS...
JE SAIS QUE TU FAIS TOUJOURS DE TON MIEUX,
ALORS HORS DE QUESTION QUE JE RESTE SANS RIEN FAIRE.

VIENS CHEZ MOI.
JE VEILLERAI SUR TOI,
ET TE PRÊTERAI TOUT L'ARGENT QU'IL FAUDRA JUSQU'À CE QUE TU TRAVAILLES ET QUE TU PUISSES ME LE RENDRE.
AH,
QUE ...!
NE TE MÉPRENDS PAS, C'EST JUSTE UN PRÊT ! TU DEVRAS ME REMBOURSER !
Et exceptionnellement, je ne te demanderai pas d'intérêts !
POURQUOI ?
JE NE T'AI CAUSÉ QUE DES PROBLÈMES JUSQU'À AUJOURD'HUI, NAKA-CHAN...
POURQUOI TU FAIS TOUT ÇA POUR MOI ?
...PARCE QUE J'AI AUSSI MA PART DE RESPONSABILITÉS DANS CETTE AFFAIRE.
Je crois.

TU TE PERDRAS TOI-MÊME SI TU RESTES ICI !
ARRÊTE DE TE SOUS-ÉVALUER ! PRENDS PLUS SOIN DE TOI !
JE PEUX BIEN OFFRIR ÇA !
SI TOUT CE DONT J'AI BESOIN M'EST DONNÉ EN ÉCHANGE !
PAPA EST QUELQU'UN DE BON...
ARRÊTE DE DIRE QUE JE FAIS ERREUR...
VA-T'EN...

JE NE PARTIRAI PAS !!
TU FAIS ERREUR !!
JE DÉTESTE
CEUX QUI CROIENT POUVOIR TOUT OBTENIR AVEC DE L'ARGENT !
SURTOUT CEUX QUI L'UTILISENT À MAUVAIS ESCIENT OU QUI PIÉTINENT LES AUTRES AVEC !
TU AS PEUT-ÊTRE UNE BELLE CHAMBRE ET TOUS LES OBJETS QUE TU DÉSIRES,
MAIS CE N'EST QU'UNE CAGE !
SOUS PRÉTEXTE D'AFFECTION, CE TYPE TE PRIVE PETIT À PETIT DE TA LIBERTÉ !
IL TE FAIT CROIRE QUE TU N'AS PAS D'AUTRES CHOIX ET TE VOLE TA CAPACITÉ DE PENSER,
QUE...
TOUT ÇA POUR T'EMPÊCHER DE FUIR !

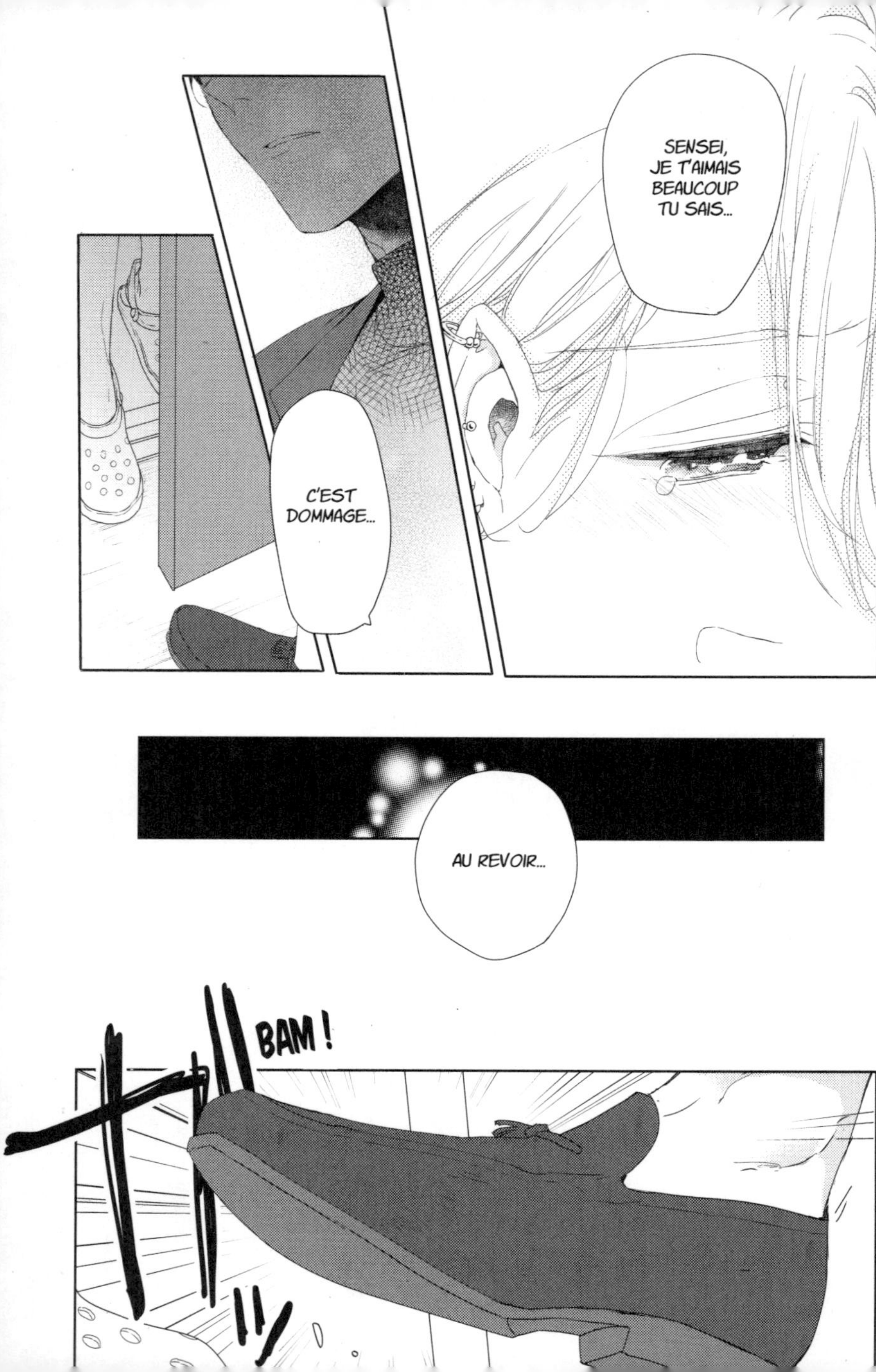
SENSEI, JE T'AIMAIS BEAUCOUP TU SAIS...
C'EST DOMMAGE...
AU REVOIR...
BAM !

J'AVOUE QUE PLUSIEURS ADULTES EN MÊME TEMPS EST ASSEZ FATIGUANT,
MAIS JE N'AI PAS LE CHOIX !
.....
Hé hé...
MÊME SI JE COUCHE AVEC TOUS CES GENS,
AGIR AUSSI NORMALEMENT
ET TE RENVOYER ALORS QUE TU T'ES TANT INQUIÉTÉ POUR MOI, NAKA-CHAN...
FAIRE TOUT ÇA AFIN D'ATTEINDRE MON RÊVE EST STUPIDE, NON ?
ME LAISSER AINSI EMPORTER PAR LE COURANT...
JE TE DÉÇOIS ?

!?
N'ENTRE PAS.
PAPA EST VRAIMENT TRÈS EN COLÈRE,
IL M'A MÊME CONFISQUÉ MON PORTABLE…
MAIS IL NE M'A PAS FAIT EXPULSER DE L'UNIVERSITÉ.
JE POURRAI RETOURNER EN COURS DÈS QU'IL SE SERA CALMÉ…
TU…
グイ POP
グイッ POP
PAR CONTRE, S'IL APPREND QUE TU ES ENCORE VENU ICI,
IL ME FORCERA À ARRÊTER LA FAC !
RENTRE VITE CHEZ TOI !
QU'EST-CE QUE TU RACONTES…
ÇA ME CONVIENT DU MOMENT QUE JE PEUX ALLER À L'UNIVERSITÉ !
DE TOUTE FAÇON, J'AI TOUJOURS COUCHÉ AVEC DES CLIENTS À MON BOULOT,
ALORS ÇA NE ME CHANGE PAS DE LE FAIRE AVEC DES VIEUX INCONNUS !
HA HA !
あはっ

CETTE MARQUE...
AH...
AH...
C'ÉTAIT POUR ME PUNIR...
TU ES BLESSÉ AUTRE PART ?!
JE VAIS BIEN !
J'AI JUSTE DÛ COUCHER AVEC DES VIEUX...
ILS SE SONT SIMPLEMENT SERVIS DE MOI COMME D'UN MORCEAU DE VIANDE.
TU NE VAS PAS BIEN DU TOUT !
POURQUOI TU NE T'ES PAS ENFUI ?!
PROFITONS-EN AVANT QU'IL NE RENTRE...
ATTENDS !

DING DONG
ピンポーン
SURSAUTE
ビクッ
Kiryû-san ! Je voudrais vous par…
...NAKA-CHAN ?
HIROSE ?!
TU ES SEUL ?
Oui !
NAKA-CHAN !!
C'EST VRAIMENT TOI ?! OU J'HALLUCINE ?!
POF POF
ぺたぺた
POUIC POUIC

TIENS ?
NAKAHARA-SAN...?

Je ne dois pas m'en mêler...
SSSR
Car non seulement, je n'ai rien à y gagner,
mais en plus, je serais en guerre avec un dirigeant d'entreprise qui fait appel à mes services...
Quand on n'est pas prêt à aller jusqu'au bout,
il vaut mieux ne pas s'impliquer...
Ses deux amis ne semblent pas être au courant de son travail,
et ce n'est pas quelque chose qu'il a pu dire à ses parents.
Seulement...
Alors finalement...
Est-ce qu'il a quelqu'un sur qui compter ?
...Il n'y a que moi ?
Non non...
Un projet aussi important ne se représentera pas deux fois...

EN EFFET, NOTAMMENT À ÉDUQUER MON ANIMAL DE COMPAGNIE.
Ce type...

EH BIEN !
POC POC
C'EST VRAIMENT UN HONNEUR D'AVOIR ÉTÉ CHOISIS !
PAF PAF
N'EST-CE PAS ?!
O-OUI...
POURQUOI VOUS FAITES CETTE TÊTE EFFRAYANTE DEPUIS TOUT À L'HEURE ?!
JE VAIS SOUVENT DANS VOS HÔTELS AVEC MA FAMILLE,
TOUT LE PERSONNEL EST TOUJOURS ADORABLE AVEC MES ENFANTS !
VOUS AVEZ AUSSI UN ENFANT EN BAS ÂGE, KIRYÛ-SAN, ALORS VOUS SAVEZ CE QUE C'EST !
SWOUP !
Hein ?!!
OUI, EN EFFET.
Il... Il a une famille ?
Et pourtant, il a un amant...?
JE M'EXCUSE PAR AILLEURS D'AVOIR REPOUSSÉ LA RÉUNION QUI DEVAIT SE TENIR NORMALEMENT LA SEMAINE DERNIÈRE.
NON, NE VOUS INQUIÉTEZ PAS !
VOUS SEMBLEZ TRÈS OCCUPÉ CES TEMPS-CI.

JE M'APPELLE KIRYÛ, DIRECTEUR GÉNÉRAL DU GROUPE D'HÔTELS QPA.
VOUS ÊTES NAKAHARA-SAN, N'EST-CE PAS ? ENCHANTÉ.
AH !
WHAM
Qui aurait cru qu'on travaillerait ensemble ?!
Quel timing pour une seconde rencontre...!
J'AURAIS PRÉFÉRÉ NE PLUS JAMAIS LE REVOIR...
VOTRE UTILISATION DES COULEURS EST FANTASTIQUE, NAKAHARA-SAN !
LES POSTERS AFFICHÉS DANS LES GARES AU PRINTEMPS DERNIER QUE VOUS AVEZ CRÉÉS
ÉTAIENT SPLENDIDES !
JE LAISSE HABITUELLEMENT QUARTIER LIBRE À MES EMPLOYÉS,
MAIS J'ATTENDS CETTE FOIS BEAUCOUP DE L'OUVERTURE DE NOTRE NOUVEL HÔTEL...
ET J'AI AINSI PENSÉ QUE VOUS ÉTIEZ LE SEUL À QUI JE POUVAIS CONFIER LE DESIGN DE NOS AFFICHES ET PUBLICITÉS.

Immeuble Aoyama
Nanaharu / Nao
On vous préviendra si Tsumu est présent !
aujourd'hui
Il n'est pas venu aujourd'hui non plus…
SNIF
TOUJOURS ABSENT…
On vous préviendra si Tsumu vient, d'accord ?
D-D'accord…
À MOITIÉ FORCÉ DE DONNER SES COORDONNÉES.
NAKAHARA-SAN, C'EST BIENTÔT L'HEURE DE PARTIR.
NAKAHARA-SAN ?
AH !
OUI… J'ARRIVE…
VOUS ÊTES DISTRAIT EN CE MOMENT, QU'EST-CE QUI VOUS ARRIVE ?
LA RÉUNION D'AUJOURD'HUI EST TRÈS IMPORTANTE,
VOUS ÉTIEZ POURTANT SI ENTHOUSIASTE POUR CE PROJET !
CE N'EST RIEN.

SSHH...
DOULEUR...
Uuh !
Ouaah...
ÇA CRAINT...
Ah, le voilà ! Mon col bateau !
AAAH... J'AI MIS PAPA EN COLÈRE...
JE ME DEMANDE S'ILS SONT INQUIETS À LA FAC...
NAKA-CHAN...

Ce type nous a vus en train de le tromper il faut dire...
Il sèche les cours...
Pour essayer de se faire pardonner...?
HAA !
HAA !
PAPA, PARDONNE-MOI !
DOMM
Qu'est-ce que j'imagine, moi ?!
CONCENTRONS-NOUS SUR LE TRAVAIL ...
VSH
VSH
NAKAHARA-SAN, CONCERNANT LA RÉUNION DE DEMAIN...
AH, OUI...

IL A ÉTÉ ABSENT TOUTE LA SEMAINE ?!
OUI, ALORS QU'IL N'A JAMAIS SÉCHÉ UN SEUL COURS...
IL NE RÉPOND PAS NON PLUS AU TÉLÉPHONE ET NE LIT PAS SES MESSAGES ...
ON NE SAIT PAS OÙ IL HABITE, ON NE PEUT RIEN FAIRE...
ON N'ARRIVE PLUS À JOINDRE NOTRE ENFAAANT !!
ARRÊTE.
ON EST ALLÉS VOIR LE CONSEIL DES ÉTUDIANTS.
ET ILS AURAIENT APPAREMMENT REÇU UN APPEL DISANT QU'IL SERAIT ABSENT QUELQUE TEMPS...
L'UNIVERSITÉ A DONC ÉTÉ PRÉVENUE...
ÇA NOUS A UN PEU RASSURÉS DE SAVOIR QU'IL NE LUI ÉTAIT RIEN ARRIVÉ, SEULEMENT...
PEUT-ÊTRE QU'IL EST PARTI EN VOYAGE EN OUBLIANT SON TÉLÉPHONE ?
...JE VOIS.
Immeuble Aoyama

Comment je dois me comporter face à lui...
SHKAC
Une semaine s'est écoulée depuis...
J'ai encore des sueurs froides en y repensant...
J'ai cru que mon cœur allait s'arrêter...
Il n'est pas là.
C'est la première fois...
Je suis en partie soulagé d'éviter une situation gênante, pourtant...
Vous avez une minute ?
Qu'il rate mon cours...

Haa !
Haa ...
SI CELA NE TE DÉRANGE PAS DE PERDRE LE PAIEMENT DE TON UNIVERSITÉ ET TON TOIT,
Haa !
TU ES LIBRE DE PARTIR.
Aah !
Aah ...
SCRIT
MAIS TU ES QUELQU'UN DE VALEUREUX, N'EST-CE PAS, TSUMUGI ?

ET J'AI INVITÉ QUELQUES AMIS.
ILS DÉSIRENT DEPUIS UN MOMENT PRENDRE DU BON TEMPS AVEC TOI, TSUMUGI.
ON T'ATTENDAIT, TSUMUGI-KUN.
QUELLE JOIE DE TE VOIR !
COMMENÇONS AVANT QUE KIRYÛ-SAN NE CHANGE D'AVIS.
ON VA S'OCCUPER DE TOI JUSQU'AU MATIN.
PAPA ...?
C'EST...!
Chut ...
N'AIE PAS PEUR,
CE SONT TOUS DES GENTLEMEN.
TU NE VEUX PAS ? NOUS ARRÊTONS ?
TU ES LIBRE, TU SAIS.

PAPA, POURQUOI TU AS ACHETÉ TOUTES MES RÉSERVATIONS ?
PARCE QUE J'AI ENVIE DE PRENDRE TOUT MON TEMPS POUR M'AMUSER AVEC TOI, TSUMUGI.
JE PENSE ÉGALEMENT QUE CETTE HISTOIRE CETTE FOIS EST DE MA FAUTE, JE N'AI PAS PRIS SOIN DE TOI COMME IL SE DOIT.
PARDON DE M'ÊTRE MIS EN COLÈRE.
C'EST RIEN !
SMACK
ON VA MANGER ET RESTER ICI CETTE NUIT POUR SE RÉCONCILIER ?
EN EFFET.
J'AI AUSSI UN CADEAU POUR TOI.
J'AI RÉFLÉCHI À COMMENT NOUS POURRIONS NOUS AMUSER...

PARDON, PAPA...
PROMETS-MOI QUE TU SERAS SAGE DÉSORMAIS, D'ACCORD ?
APPELLE TON CLUB.
Ça signifie que je ne pourrai plus coucher avec Naka-chan ?
しゅん BOUUH...
ALLÔ ? C'EST HIROSE !
WHAM
スッ
BONJOUR.
CONCERNANT CE GARÇON,
JE VOUDRAIS LE RÉSERVER POUR TOUT LE RESTE DU MOIS.
OUI.
JE COMPTE SUR VOUS.
SUR CE.
SST
BIEN, ALLONS-Y.
Hein ? Mon portable...

JE T'AI PEUT-ÊTRE UN PEU TROP GÂTÉ...
ALORS QUE TU VENAIS D'ARRIVER À TOKYO POUR RÉALISER TON RÊVE,
ET QUE TU AVAIS PERDU TON CHEMIN,
JE T'AI OFFERT LE COUVERT ET LE LOGIS EN PLUS D'AVOIR PRIS À MA CHARGE LES FRAIS UNIVERSI-TAIRES.
JE T'AI ÉGALEMENT AUTORISÉ À TRAVAILLER DANS L'INDUSTRIE DU SEXE PARCE QUE CE SONT DES RELATIONS RÉMUNÉRÉES ET DONC DIFFÉRENTES DE LA NÔTRE,
MAIS CE N'EST PAS LE CAS DE CET HOMME, N'EST-CE PAS ?
JE T'AI ACHETÉ, TON CORPS M'APPARTIENT,
TU NE PEUX DONC BATIFOLER AVEC N'IMPORTE QUI,
TU COMPRENDS ?

Chapitre 4

C'EST MOI QUI M'EXCUSE DE M'ÊTRE EMPORTÉ.
POF
VOULEZ-VOUS PRENDRE UNE DOUCHE AVANT DE PARTIR ?
...NON,
CE N'EST PAS
LA PEINE...
C'est un carnage...

EUH !
JE SUIS SINCÈREMENT DÉSOLÉ D'AVOIR EU CETTE ATTITUDE HONTEUSE DANS L'APPARTEMENT DE QUELQU'UN D'AUTRE !
IL... HIROSE-KUN M'A EFFECTIVEMENT INVITÉ,
MAIS C'EST DE MA FAUTE DE NE PAS AVOIR SU REFUSER !
Je suis clairement en tort.
...VOUS POUVEZ ME FRAPPER SI ÇA PEUT VOUS SOULAGER,
PUIS JE PARTIRAI IMMÉDIATEMENT.
Je ne suis qu'un intrus.
SHH

TIENS ? POURQUOI TU ES LÀ ?
MA RÉUNION EXTÉRIEURE A ÉTÉ ANNULÉE.
JE T'AI AUTORISÉ À «TRAVAILLER» POUR LA RÉALISATION DE TON RÊVE,
MAIS CETTE SITUATION NE SERAIT-ELLE PAS DIFFÉRENTE ?
JE N'AVAIS VRAIMENT PAS L'INTENTION DE FAIRE ÇA QUAND JE L'AI INVITÉ...
JUSQU'À QUAND VAS-TU CONTINUER CE COMPORTEMENT, TSUMUGI ?
RHABILLE-TOI.

SCRUTE
QUI ÊTES-VOUS ?
PAPA...

CLAC
...
TSUMUGI, JE SUIS RENTRÉ.

WHAM !
PLISH
FRISSON
FRISSON
SCHLIK
Aah ...!
PLISH
PLIC PLIC PLIC
Haaa ...!
SLURP
HAA
HAA
SLURP
Encore...
GSH
SSURP
Nh...

Aaah !
HAA !
HAA !
HAA !
HAA !
AAAAH ...!
SCHLIK
SCHLIK
PLIC PLIC
SCENE
FRISSON
FRISSON
SERRE...
HAA...!
PLAF
FRISSON
FRISSON
GHH !
HAA ! HAA !
TU TE RES-SER-RES..!
HAA !

Nnh !
Aah !
Haa !
SWOUP
GSH
HAA !
HAA !
Aah !
Non !
Nh !
PLAF
PLAF
FRISSON
HAA !
FRISSON
HAA !
SI INTENSE...!
Je vais ...!
FRISSON
GRIP
PLAF
HAA !
PAF
PLAF
PAF
HAA !
HAA !
Aah !
FRISSON
GRIP
PLAF
FRISSON

AANH !
AANH !
FRISSON
FRISSON
J'EN PEUX PLUS ...!
PLIC
PLIC
PLAF !
PLAF !
HAA !
HAA !
SENSEI, C'EST VRAIMENT AVEC TOI
QUE C'EST
LE MEIL-LEUR ...!
HAA !
HAA !
PLAF !

HAA !
TU BAVES SUR TES VÊTEMENTS...
C'EST... PAS GRAVE...
JE LES AI FABRIQUÉS
POUR M'ENTRAÎNER...
HAA !
HAA !
Aah !
HAA !
TU SAIS QUOI... !
PLAF
ぱちゅ
PLUSH
PLAF
ぱちゅ
QUAND JE SUIS DANS MA CHAMBRE,
JE VEUX ME CONCENTRER SUR MON TRAVAIL,
ALORS MÊME PAPA N'Y EST JAMAIS ENTRÉ !
TU ES DONC LE PREMIER, SENSEI,
AVEC QUI JE COUCHE ICI.
ET CE N'EST PAS DANS UN MANUEL !
SMACK
OUI, J'AI COMPRIS.

FRISSON
FRISSON
HYAA !
PINCH
PINCH
FRRT
NNNH !
OUI, LÀ !
Aaah !
!
PUSH
PUSH
QUAND JE TE TOUCHE LES TÉTONS, ÇA RÉAGIT EN BAS AUSSI.
FRISSON
FRISSON
HAA !
HAA !
PUSH
PLAF
PLAF
FRISSON
FRISSON
IL N'Y A FINALEMENT QUE TON CORPS QUI EST FACILE À COMPRENDRE.
PLAF
Aah !
HAA !
PUSH
PUSH
PLAF
Nh !
Aah !
PLAF
Nnh ...!
GGH...
HAA !

FRISSON
PLAF
AAH ?!
Aah ! ♡
QUI A UN CORPS SEXY EXACTEMENT ?
FRISSON
HAA !
HAA !
HAA !
PLAF
TU DEVRAIS REGARDER DANS QUEL ÉTAT TU ES !
PLAF
NON !
C'EST QUE...!
WIP
SI TU FROTTES SI PROFONDÉMENT...!
Aah ! ♡
PLISH
PLAF
HAA !
HAA !
FRISSON
Aah ! ♡
PLISH
PLAF
HAA !
SLURP
SLURP
FROTTE ENCORE PLUS !
Il faudrait savoir...
HAA...

ぱさっ
FLAP
...!
HAA !
Que ...!
HAA !
SLURP
TON CORPS EST TROP SEXY !
HAA ! HAA !
WHAM
L'AVOIR CACHÉ TOUT CE TEMPS...
C'EST INJUSTE ...
Ghh !

AANH ...
WIP
FRISSON
Aah !
PLISH
SENSEI ...
FRISSON
!
FRISSON
FRISSON
Aah !
HAAAA...!
PLISH
FRISSON
FRISSON
SERRE
HAA !
Aah !
HAA !
PLISH
PLISH
DIS ...
COMME ON L'A FAIT JUSQU'ICI
QUE DANS DES SALLES OU DES TOILETTES
POUVOIR PRENDRE SON TEMPS EST AGRÉABLE...
PLAF
HAA...
STAC STAC STAC
TOI AUSSI, SENSEI, DÉSHABILLE-TOI...
Hein ?

TU NE VEUX PAS ?
.....
...JUSTE UNE FOIS,
ET JE RENTRE.
OUI !
C'EST BON, TU PEUX ARRÊTER.
SRR
SLURP
OK !

SLURP
ぺろ
SI TU ES VRAIMENT DÉSOLÉ...
FAIS QUELQUE CHOSE POUR MES FESSES QUI TREMBLENT DEPUIS TOUT À L'HEURE !
SWOUP
Lui alors...!!
...IMPOSSIBLE DE SAVOIR S'IL EST RÉELLEMENT INNOCENT OU STUPIDE...
Il est d'une nouvelle espèce que je n'arrive pas à comprendre...
SNIF
J'EN PEUX PLUS !!

QUAND J'ÉTAIS EN PRIMAIRE, J'AVAIS FAIT DES CHAUSSETTES POUR MA PETITE SŒUR,
ET ELLE ÉTAIT SI HEUREUSE QUAND JE LUI AI DONNÉ !
Oh, tu es doué !
Grand frère ! ♡
C'EST COMME ÇA QUE J'AI COMMENCÉ À CRÉER DES FRINGUES.
ALORS MÊME SI TU PENSES QUE CE N'EST PAS BIEN,
SI JE TRAVAILLE DANS L'INDUSTRIE DU SEXE ET QUE JE ME FAIS ENTRETENIR, C'EST POUR PAYER L'UNIVERSITÉ !
HEIN... ?
MA FAMILLE EST TRÈS PAUVRE EN VÉRITÉ ! HA HA HA !
PARDON ...
JE NE SAVAIS PAS...
C'EST RIEN !
JE SUIS CONSCIENT QUE C'EST UN MÉTIER SPÉCIAL !
Pour ses frais universitaires...
SNIF !
POURTANT...
OUAH ! EXCUSE-MOI !

QUE... ?!
LÀ, LÀ !
FRRT
FRRT
LÂCHE-MOI !
LÀ, LÀ !!!
MAIS TU SAIS !! JE SUIS DIFFÉRENT DE CE GARÇON !!
TU COMPRENDS ?
SWOUP
C'EST VRAI QUE JE SUIS INSOUCIANT ET QUE JE M'AMUSE !
SEULE-MENT, JE RÉFLÉCHIS AUSSI À MON AVENIR !
J'ADORE LES VÊTEMENTS,
ALORS JE VEUX EN FABRIQUER !

NAKA-CHAN, JE SUIS DÉSOLÉ.
ÇA A DÛ ÊTRE SI DUR !
ET SI TRISTE !
LÀ, LÀ...

...DE QUI TU PARLES ?
QU'EST-CE QUI T'ES ARRIVÉ, NAKA-CHAN ?
...AUTREFOIS,
JE SOUTENAIS UN GARÇON INSOUCIANT COMME TOI,
QUI M'A TRAHI ET A MÊME EMPORTÉ TOUT MON ARGENT.
RÉSULTAT, J'AI PRIS DU RETARD POUR OUVRIR MON ENTREPRISE,
ET J'AI CAUSÉ DES PROBLÈMES À TOUS MES EMPLOYÉS.
DEPUIS, JE DÉTESTE LES GENS DÉSINVOLTES.
C'EST POURQUOI J'AI ESSAYÉ DE T'ÉVITER...
MERDE...!
HAAA...
JE VOIS...

MAIS JE T'AIME, NAKA-CHAN !
DOULEUR...
!
C'EST JUSTEMENT LE PROBLÈME !
TU N'ARRÊTES PAS DE ME RÉPÉTER ÇA À CHAQUE FOIS QU'ON SE VOIT !
TU LE DIS SI FACILEMENT !
TON «JE T'AIME» N'A AUCUNE VALEUR !
C'EST JUSTE UNE IMPULSION DU MOMENT !
TU NE PENSES NI À L'AVENIR NI À CE QUE TU VEUX DANS LA VIE !
T'AMUSER AVEC LÉGÈRETÉ TE SUFFIT AMPLEMENT, N'EST-CE PAS ?
J'AI DÉJÀ EU ASSEZ D'ENNUIS EN ME MÊLANT À CE GENRE DE PERSONNE !
HORS DE QUESTION QUE J'EN REFASSE L'EXPÉRIENCE !

TU UTILISES CES JOUETS AVEC LUI AUSSI, NON ?! COMME SI J'AVAIS ENVIE DE TOUCHER À ÇA !!
N'EST PAS UN DE MES PASSE-TEMPS !
COU-CHER AVEC UN MEC...!
ENTRE-TENU PAR UN AUTRE...!
ÉCOUTE-MOI BIEN !
TU ES UN ÉTU-DIANT !!
ET JE SUIS TON PRO-FES-SEUR !!
ON NE FRANCHIRA PLUS JAMAIS CETTE LIGNE !!!

POURQUOI, POURQUOI, POURQUOI ??!
J'AI SUIVI LE MOUVEMENT JUSQU'À AUJOURD'HUI,
MAIS JE NE RÉPONDRAI PLUS À TES PROVOCATIONS.
わ~~~
OUIIIN !
JE TE SIGNALE QUE JE SUIS POPULAIRE AUPRÈS DES CLIENTS,
ET QUE PLEIN DE VIEUX AMIS DE PAPA ME CONVOITENT AUSSI !
NE ME METS PAS DANS LE MÊME PANIER QUE CES TYPES !
JE N'AI PAS L'INTENTION DE JOUER AVEC QUELQU'UN QUI SE VEND À DES CLIENTS OU À UN PAPAKATSU !
AMUSE-TOI TANT QUE TU VEUX,
MAIS NE M'IMPLIQUE PAS.

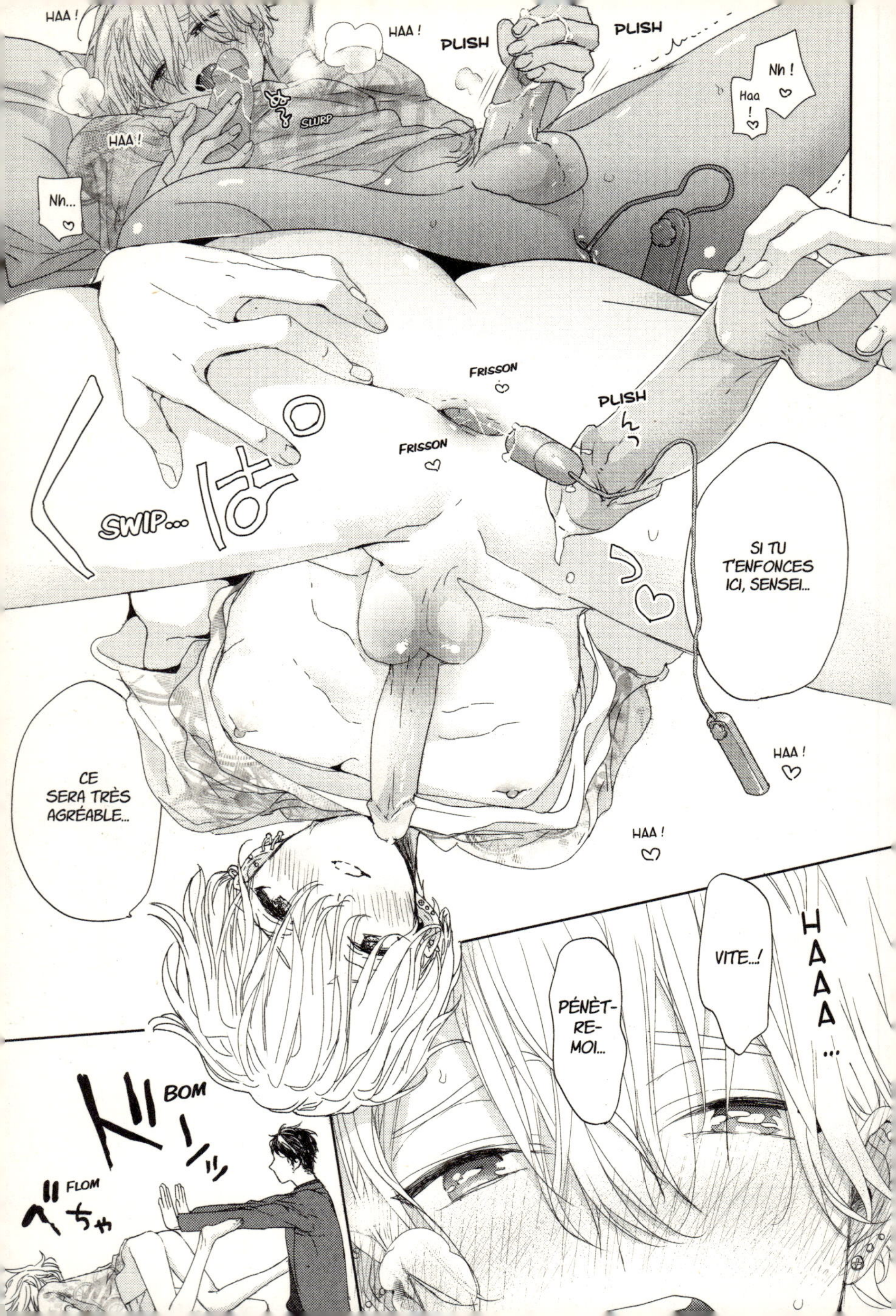
PLISH
Nh !
Haa !
PLISH
HAA !
SLURP
HAA !
HAA !
Nh...
PLISH
FRISSON
FRISSON
SWIP...
SI TU T'ENFONCES ICI, SENSEI...
CE SERA TRÈS AGRÉABLE...
HAA !
HAA !
HAAA...
VITE...!
PÉNÈT-RE-MOI...
BOM
FLOM

FLAP !
!
FRSH
FRSH
PAS LE CHOIX !
HÉ !
POUIC
ZUP
ZUP
SACHE QUE JE NE FAIS ÇA QU'À MES CLIENTS VIP !
GRIP
UN SHOW SPÉCIAL !
SMACK
PLISH
VRR
VRR
FRISSON
VRR
PLISH
PLISH
VRR

JE PARIE QU'ON T'A APPRIS À DIRE CE GENRE DE TRUCS POUR FAIRE PLAISIR.
C'EST PAS UN MANUEL !!
Manuel de l'industrie du sexe
C'est la première fois
l'on me traite
si gentiment !
On est en symbiose
Je vais te faire oublie
le travail
ALLEZ, REGARDE !
J'AI MIS UN SOUS-VÊTEMENT SEXY !
HÉ HÉ !
SST
PARCE QUE JE SAVAIS QUE J'ALLAIS TE VOIR EN COURS AUJOURD'HUI !
WIP
WIP
ALORS, ÇA TE PLAÎT ?
INDIFFÉRENT
Hmm, je vois...
DOMM !

TU AS PLEIN D'AUTRES PARTENAIRES À TON TRAVAIL OU TON PAPA-KATSU AVEC QUI TU PEUX LE FAIRE, NON ?
MAIS JE VEUX LE FAIRE AVEC TOI, NAKA-CHAN !
J'AI TOUJOURS PENSÉ QUE LE SEXE
ÉTAIT SEULEMENT POUR GAGNER DE L'ARGENT.
POURTANT, MÊME SI JE NE SUIS PAS PAYÉ, J'AI MALGRÉ TOUT ENVIE DE COUCHER AVEC TOI !
AU DÉBUT, JE TE TROUVAIS SIMPLEMENT CLASSE...
JE VOULAIS JUSTE TE GOÛTER ON VA DIRE !
...C'ÉTAIT MON INTENTION, SEULEMENT...
ON FAIT LA MÊME CHOSE MAIS JE NE SAIS PAS POURQUOI, C'EST DIFFÉRENT D'AVEC MES AUTRES PARTENAIRES...

DIS, FAISONS-LE !
SENSEI...
«Je t'aime !»
«Je t'aime !»
«Je t'aime !»
«Je t'aime...»
SURSAUTE
GRAB !
N'INVITE PAS DES HOMMES DANS UNE CHAMBRE QU'ON TE PRÊTE.
AT-TENDS !

DÉSOLÉ, IL Y A QUELQUES FRINGUES ÉPARPILLÉES...
QUEL-QUES ...?
DÉSORDRE
C'EST ICI QUE JE CRÉE LES DESIGNS,
ET ICI QUE JE FABRIQUE LES VÊTE-MENTS !
Il faut les plier correcte-ment !...
TU SERAIS ENCORE PLUS EFFI-CACE SI TU RANGEAIS DE TEMPS EN TEMPS ...
Hm ?
Pas d'étiquette ?
C'est lui qui a fabriqué tout ça...?
YEAAH !!
FLOM !
QUE...!
COUCHONS ENSEMBLE !
AH ! TU AVAIS BIEN DES INTEN-TIONS CACHÉES !
NON, PAS TOUT À L'HEURE, MAIS J'AI ENVIE MAINTE-NANT !
ON EST SEULS TOUS LES DEUX APRÈS TOUT !
VOILÀ POURQUOI JE NE VOULAIS PAS M'ATTAR-DER !
JE T'ASSURE QUE JE PENSAIS JUSTE À TE MONTRER LE TROPHÉE AU DÉPART !
SEULEMENT, À FORCE D'ÊTRE AVEC TOI...

Il faut avouer qu'il a fait de son mieux.
PFUH...
JE SUIS CONTENT POUR TOI.
HÉ HÉ HÉ !
BON !
POUR TE REMERCIER, NAKA-CHAN,
TU SERAS LE PREMIER À AVOIR LE DROIT DE M'ENLEVER CE T-SHIRT !
WHAM
NON MERCI...
NE TE FAIS PAS D'IDÉES.
J'AI VU LE TROPHÉE, JE M'EN VAIS.
QUOI ?! DÉJÀ ?!
PAS BESOIN DE PARTIR SI VITE !
PUISQUE T'ES LÀ,
VIENS VOIR MA CHAMBRE !
EUUH...

JE L'AI FABRIQUÉ MOI-MÊME !
IL ME VA BIEN ?
TIENS NAKA-CHAN, UN PLUS FONCÉ POUR TOI !
JE NE LE PORTERAI PAS.
HÉ, OÙ EST PASSÉ TON PANTALON...
Jambes nues...
HOP !
ET VOILÀ !
OUAH !
AH, SINON !
VOICI LE TROPHÉE !
J'étais si ému que mon nom soit inscrit dessus !
Il a l'air heureux...
HÉ HÉ !

*Ndt : un des quartiers chics et chers de Tokyo

Je n'arrive pas à imaginer qu'il puisse paraître aussi innocent auprès de ses amis...
MART
cashinginfo
7F
Il travaille dans l'industrie du sexe, se fait entretenir par un homme riche,
et lève même la main sur un conférencier à temps pareil tel que moi...
Il est trop instable, je ne le comprends pas !
ON DESCEND ICI !

J'AI REÇU UN TROPHÉE QUE J'AI MIS DANS MA CHAMBRE !
TU NE VOUDRAIS PAS VENIR LE VOIR CHEZ MOI ?
CHEZ LUI ?!
D'ac-cord ?! ☆
NON MERCI.
Ne réponds pas à ma place !
HEIN ?! MAIS J'ESPÉRAIS TE REMERCIER AUSSI !
NON.
SCRUTE
じー...
NAKA-CHAN, T'ES SI FROIIID !
AH !
はっ
DOM-MAGE POUR TOI, TSUMU.
MURMURE
IL ÉTAIT SI IMPATIENT DE L'ANNONCER À SENSEI...
LE PAUVRE...
OUAIS...
MURMURE
SURSAUTE
UUH...
...JE RENTRE JUSTE DANS LE COULOIR...
HEIN ?! TU VEUX BIEN ?!
PAAH !

Ah !
NAKA-CHAAAN !!
SURSAUTE
ぎくっ
ぶんぶん
FLAP
FLAP
MERCI POUR L'AUTRE FOIS !!!
Ah !
C'est Nakahara-sensei !
ÉCOUTE-ÇA !!
ハァ…
HAAA
GRÂCE À TOI, NAKA-CHAN,
J'AI FINI TROISIÈME AU CONCOURS !!
TU AS DÉJÀ EU LES RÉSULTATS ?
HÉ HÉ !
ON POURRAIT PENSER «TROISIÈME ?! TROP FRUSTRANT !!», ET J'AVOUE AVOIR ÉTÉ DÉÇU AU DÉBUT !
MAIS LE PREMIER EST UN PRO EN FAIT !!
ガーン
DOMM !
AH !
WHAM !
DONC C'EST INCROYABLE, NON ?!!
JE SUIS SUPER CONTENT !!
PAAH !
AH, OUI... TANT MIEUX...
Tous ses mouvements me fatiguent...

NAKAHARA T'A AIDÉ, C'EST ÇA ?
OUAIS !
JE VAIS TOUT LUI RACONTER AUJOURD'HUI À LA FAC !
IL NE VOUDRA PAS ME DONNER SON MAIL MÊME SI JE LUI DEMANDE JE PENSE !
HA HA HA !
OUI... ÇA N'A PAS L'AIR D'ÊTRE SON GENRE...
J'ESPÈRE QU'IL SERA CONTENT EN TOUT CAS !
Argh ! Hirose !
FÉLICITATIONS !
OUAH ! C'EST FANTASTIQUE !
BLA
わいわい
BLA
...Ils sont agités...
JE VAIS FAIRE UN DÉTOUR...
くるっ
SWOUP !

REGARDEZ !
C'EST LA PHOTO DE REMISE DES PRIX !
8ème concours de t-shirts
Hamarock Festival 2022
OOOH !!
INCROYABLE !!
POF
J'AI DÉJÀ VU À LA TÉLÉ LE MEC À CÔTÉ DE TOI QUI A REMPORTÉ LE PREMIER PRIX.
SÉRIEUX ?! TU DEVIENS CÉLÈBRE, TSUMU !
C'ÉTAIT SUPER INTÉRESSANT DE DISCUTER AVEC LES AUTRES GAGNANTS !
ÇA TE RESSEMBLE BIEN D'ÊTRE AU CENTRE DE LA PHOTO ALORS QUE TU N'AS EU QUE LA TROISIÈME PLACE.
HÉ, HÉ
INVENTER DES MOTIFS DE T-SHIRTS M'A VRAIMENT PLU, J'ESPÈRE POUVOIR RECOMMENCER !

Chapitre 3

FLASH
ガチッ
SES FESSES SONT SI «CUTE» POURTANT !
Quel dommage !
ERIC-SENSEI, CONCERNANT LE FESTIVAL...!
IL SOUPIRE...
ENCORE UN AMOUR DÉÇU...?
HAAA
ほぅっ
Je ne «think» qu'à ça en prenant des photos...

AH, LE VOILÀ !
TUT TUT
SWOUP
À LA SEMAINE PROCHAINE !
AU REVOIR SENSEI !
VLAM
VROUUM
Mais qu'est-ce qui ne va pas chez lui ?! Il est trop instable...!
C'EST BIEN UN EXTRATER-RESTRE...
HAAA...

*Ndt : mot japonais désignant une activité (pas forcément sexuelle dans certains cas) où l'on passe du temps avec des hommes aisés contre compensation financière

C'EST LA PREMIÈRE FOIS QUE JE FAISAIS ÇA DANS LES TOILETTES DE L'UNIVERSITÉ !
C'ÉTAIT EXCITANT !
NE ME SÉDUIS PLUS. COUCHE AVEC TON PETIT AMI PLUTÔT.
J'AI PAS DE PETIT AMI...
QUOI ? ET LES SUÇONS ALORS ?
Sur ton dos.
SÉRIEUX ?! J'AI RIEN VU !
LES MARQUES SONT POURTANT INTERDITES AU CLUB OÙ JE ME VENDS !
JE LE PRÉCISE À CHAQUE FOIS AUX CLIENTS, MAIS...
JE DOIS FAIRE ATTENTION AU TYPE D'HIER !
HEIN ?!!
OÙ TU TE VENDS ?!
COM-MENT ÇA, TU...
ALLÔ, PAPA ?
VSH
OUI, JE SUIS TOU-JOURS À LA FAC.
BIEN SÛR QUE JE N'AI PAS OUBLIÉ ! J'AI HÂTE !
MERCI !
JE T'AT-TENDS À L'EN-TRÉE !
WHAM

HIRO-SEEE !!
QU'EST-CE QUE TU ESSAYAIS DE FAIRE TOUT À L'HEURE ?!
DÉSO-LÉ !
J'ÉTAIS SI IMPATIENT !
MAIS TE SENTIR EN MOI,
SANS POUVOIR BOUGER...
MON CORPS A RÉAGI TOUT SEUL !
TIENS ? TOUJOURS EN ÉRECTION ?
Je me suis encore fait avoir...
CE N'EST PAS BIEN, SENSEI...
LA FERME, IDIOT D'ÉTUDIANT PERVERS.
TU DIS ÇA MAIS TU ADORES EN VÉRITÉ !
JE N'AI JUSTE PAS LE CHOIX...

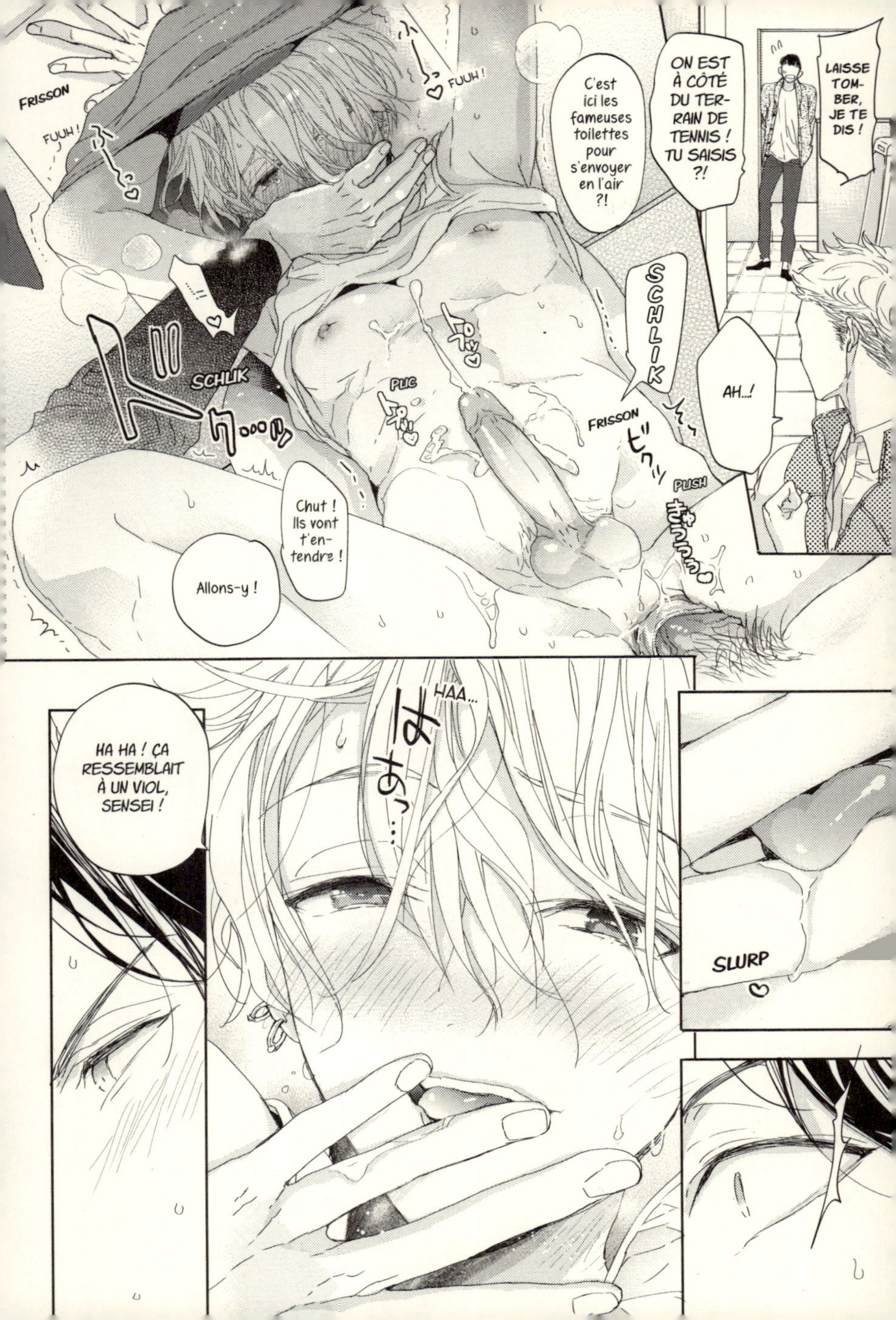
LAISSE TOMBER, JE TE DIS !
ON EST À CÔTÉ DU TERRAIN DE TENNIS ! TU SAISIS ?!
C'est ici les fameuses toilettes pour s'envoyer en l'air ?!
FUUH !
AH...!
SCHLIK
FRISSON
PUSH
PLIC
FRISSON
FUUH !
...!!
SCHLIK
Chut ! Ils vont t'entendre !
Allons-y !
SLURP
HAA...
HA HA ! ÇA RESSEMBLAIT À UN VIOL, SENSEI !

FUUH !
FUUH !
MHH !
ÇA VENAIT DU FOND...
HÉ ! LAISSE TOMBER !
FRISSON
PLISH
PLISH
PLISH
GSH...
FRISSON
FRISSON
FRRT
FRISSON
HAA !
FRISSON
HEIN ? MAIS IMAGINE QUE QUELQU'UN SE SOIT ÉVANOUI ?
FRISSON
HÉ OH, ÇA VA ?
PLISH
PLISH
PLISH
PLISH
PLISH
PLISH
PLISH
PLISH
PLISH
PLISH
IL Y A QUELQU'UN ?
!
FRRT
FRRT
FRRT
Nh...!
TAP
TAP

HAA !
HAA !
!
PUSH
FRRT
FRRT
PLISH
FRISSON
ゆるっ
PLISH
ゆるっ
HAA
HAA
!!...!
BAM !
C'ÉTAIT QUOI CE BRUIT...

CLAC
Ouah, je tiens plus !
CLAC
DÉPÊCHE ! ON VA LOUPER LE DÉBUT DU FILM !
DÉSOLÉ !
CHUUT...
ILS CASSENT L'AMBIANCE...!!
ALLEZ, DÉGAGEZ !
SWOUP
Ce n'est pas moi qui lui ai fait ces suçons...
Ni aujourd'hui...
Ni l'autre jour...

Je me retenais grâce au peu de conscience qui me restait !
Haa !
Aah !
HAA !
HAA !
Mais impossible de résister s'il me séduit...!
PLAF
PLISH
PLAF
Non !
Aah !
PLISH
PLISH
FRISSON
Nnh ...!
SMACK
FRISSON
Aah !
Oups !
PLAF
Aah !
PLAF
Haa ...!
Aaah !
FRISSON

Nnnh ...! ♡
SCHLIK
FRISSON
PLIC PLIC
HAA !
HAA !
HEIIN ?!!
ÇA T'A PLU ?
BON, TU AS EU TA RÉCOMPENSE, LAISSE-MOI PASSER.
TU PLAISANTES ?! QUEL HOMME S'ARRÊTERAIT EN PLEIN MILIEU ?!
QUE...!
SORS TON TRUC TOUT DE SUITE !!
ÇA SUFFIT !!
TU...
TU AS VRAIMENT
L'INTENTION DE PARTIR
EN M'ABANDONNANT ?
GRIP
BOUUH...
UUH...
Arrête de me tenter...

TES TÉTONS SONT ROUGES, TU AS MAL ?
FRISSON
TU RÉAGISSAIS BIEN ALORS JE N'AI PAS FAIT ATTENTION...
TU ES SENSIBLE.
PINCH
OÙ EST-CE QUE TU VEUX QUE JE TE TOUCHE ?
AH !
TU NE PEUX PAS PARLER...
!
SLURP
MÊME S'IL CONTIENT SA VOIX, SON CORPS ENTIER TREMBLE.
TROP MIGNON...
FRISSON
PUSH
PUSH
EXCITÉ
IL VAUT MIEUX QUE J'EN FINISSE VITE...
FRISSON
Nnh ?!
Nh !
PUSH

POUIC
Nh !
Haa !
PLISH
Aah !
FRISSON
Nnh !
PLISH
FRISSON
Non !
AAH !
AAAH !
HAA !
AAH !
HAA...!
HAA...!
!
FRISSON
SLURP
SLURP
Aah !
Aah !
SST
MURMURE
HMM...
TA VOIX...

SHH
さわ…
BOBOM
ドキドキ
BOBOM
ドキ
Haa ...
Haa ...
FRISSON
PINCH
PINCH
!
FRISSON
ぴくん
POUIC
PINCH
くりくり
HAA...
ふー…
Nnh !
SLURR
れる れる
SLURR
SLURP
SLURP
HAA...
Merde... Ses tétons sont trop sexy...
....!
SSURP

SES TÉTONS ! J'AI VU SES TÉTONS !
GNN
GNN
ÇA SUFFIT !! LAISSE-MOI SORTIR !!
ARRÊTE DE PLAISANTER SUR CE GENRE DE CHOSES !
ALLEZ ! T'INQUIÈTE !
CE N'EST PAS UNE BLAGUE, TU SAIS ?
HAAA
!
JE TE PRENDS AU MOT DANS CE CAS.
SENSEI ! JE T'AIME !
JE T'ADORE !
QUOI ? QU'EST-CE QUE TU DIS ?
FAISH BE BOI BA PINCHESH BÉ BOILET !
FAIS DE MOI LA PRINCESSE DES TOILETTES !
J'AI COMPRIS MAIS LE SENS DE TA PHRASE M'ÉCHAPPE ENCORE...

C'ÉTAIT MOINS UNE… TU M'AS SAUVÉ…
J'AI ÉTÉ SURPRIS ! JE T'AI SUIVI POUR M'ACHETER UN JUS DE FRUITS ET VOILÀ SUR QUOI JE TOMBE !
BEAUCOUP DE PROFESSEURS DE NOTRE FAC SONT DE CE BORD.
JE N'AURAIS JAMAIS IMAGINÉ QU'ON S'EN PRENDRAIT À MES FESSES…
GRMBL
HU HU ! ON NE RISQUE RIEN ICI !
QUAND MÊME…
CE N'ÉTAIT PAS LA PEINE DE S'ENFERMER DANS LES TOILETTES…
HEIN ? NON, C'EST PAS POUR ÇA !
JE T'AI BIEN AIDÉ, PAS VRAI ?
CLIC
JE VEUX DU SEXE EN RÉCOMPENSE…
SWOUP
AANH !
SST !

HI-ROSE ?!
TAP !
ERI-CHAN, CE N'EST PAS BIEN !
LE HARCÈLEMENT SEXUEL EST INTERDIT !
JE PROTÈGERAI LA PAIX SUR LA TERRE ET LES FESSES DE NAKA-CHAN !
!
GRAB !
FUYO-OONS !!
Aaah ! Nakaharaaa !

QU'EST-CE QUE TU RACONTES D'UN COUP...
GNN
GNN...
Hein ?! Quelle force !!
J'HALLUCINE !
NE FAIS PAS LE TIMIDE !
INUTILE ! «I'M» CEINTURE NOIRE DE JUDO !
Impossible de me dégager !
SLURP...
LAISSE-MOI FAIRE...
HAA...
HAA...
J... Je dois fuir...
UNE MINU-UUTE !!
JE VAIS TE CONDUIRE AU «PARA-DISE» !

OOH ?! TU ES SEUL, NAKAHARA ?
BONJOUR.
J'AIDE UN ÉLÈVE APRÈS LES COURS EN CE MOMENT !
C'EST MA «CHANCE» AUJOURD'HUI !
HEIN ?
JE VOUDRAIS QUE TU SORTES AVEC MOI !
TU ES DE LA MÊME ESPÈCE, N'EST-CE PAS ?
NAKAHARA, TES FESSES SONT SI «CUTE» !
TU NE VOUDRAIS PAS ESSAYER MON «MAGNUM» ?
QUOI ?
Euh... Comment on dit déjà en japonais...
Let's Fuck
ARGH !
FAISONS-LE !
WHAM !
NON NON NON NON !
GRAB !

ガコン
BLONG
Je deviens bizarre.
J'ai toujours pensé que c'était un idiot, seulement...
Il sait être sérieux parfois,
et il réfléchit à beaucoup de choses...
Il est moins stupide que je le croyais finalement...
Et puis,
sa joie est si pure...
Je crois que...
Lui enseigner l'utilisation du logiciel m'amuse légèrement...
ENFIN, C'EST NORMAL VU QU'IL M'ÉCOUTE SI ATTENTIVEMENT.
ÇA NE SIGNIFIE RIEN DE SPÉCIAL !

AH !
Je l'ai complimenté sans réfléchir !
ÉVIDEMMENT ! JE SUIS UN GÉNIE !
SWOUP !
TU M'AS COMPLIMENTÉ, NAKA-CHAN !!
JE SUIS TROP CONTENT !!
Hé hé !
J'ADORE QUAND TU ES GENTIL ! JE T'AIME ! JE T'ADORE !
WHAM
SI TU RÉPÈTES CE MOT SANS ARRÊT, PLUS PERSONNE NE TE CROIRA.
TU LE PRONONCES TROP À LA LÉGÈRE.
AANH !
HEIN ? OÙ TU VAS ?
CHERCHER UN CAFÉ.

J'EN AI CRÉÉ PLEIN ! JE SUIS UN GÉNIE !
MAIS MON PRÉFÉRÉ EST CELUI-LÀ !
FLAP !
IL EST TROP CLASSE, JE SUIS SÛR QU'IL REMPORTERA LE PREMIER PRIX !
Désolé pour les autres participants !
Qu'il est bruyant...
LES COULEURS RESSEMBLENT À DE LA PEINTURE.
C'EST VRAI QUE LA COMBINAISON DE L'ANALOGIQUE ET DU DIGITAL CONFÈRE UN EFFET ORIGINAL.
HU HU HU ! OUI MAIS PAS SEULEMENT !
LES MOTIFS GÉOMÉTRIQUES AYANT SOUVENT UNE FORME POINTUE,
L'AQUARELLE DE CE MODÈLE PERMET D'AJOUTER UNE NOTE DE DOUCEUR POUR QUE MÊME LES FILLES PUISSENT PORTER LE T-SHIRT !
CAR APRÈS TOUT, LES PARTICIPANTS AU FESTIVAL SONT DE SEXE ET D'ÂGE DIFFÉRENTS !
EH BIEN, J'AVOUE QUE C'EST UNE TRÈS BONNE IDÉE...

NAAAKA-CHAN !
TU ME FIXES TROP !
HA HA !
WUP
WUP
TU ES TOMBÉ AMOUREUX DE MOI EN FAIT !
HÉ HÉ !
SBOM
PAS LE CHOIX, JE VAIS TE REMERCIER AVEC MON CORPS !
AÏE !
SI TU NE TRAVAILLES PAS SÉRIEUSEMENT, JE RENTRE.
ROOH ! JE PLAISANTAIS !
REGARDE ! J'AI RÉFLÉCHI CORRECTEMENT À DIFFÉRENTS DESIGNS !
JETTE UN ŒIL !
IMAGES D'ILLUSTRATION
LE PREMIER A DES FORMES ANGULAIRES POUR UN EFFET CYBER.
J'AI UTILISÉ DES POLYGONES POUR LE DEUXIÈME, AVEC UN JEU DE COULEURS INTÉRESSANT !
LE TROISIÈME EST DE STYLE RÉTRO ET MIGNON !
D'inspiration pop des années 80 !

Ooh ! Intéressant !
Tu t'en souviendras au moins ?!
J'ai regardé trop de motifs géométriques, j'y vois tout flou !
Hé, reprends-toi !
Je compte sur toi aujourd'hui encore !
S'est habitué
qu'il l'attende.

H-HÉ ! NE T'ENDORS PAS !
JE ME SUIS RETENU DE PIONCER TOUTE LA JOURNÉE POUR TE DEMANDER TON AIDE,
ET MAIN-TENANT QUE TU AS ACCEPTÉ, J'AI SUPER SOMMEIL...
RÉVEIL-LE-TOI !
J'AI AT-TEINT MA LIMITE...
HÉÉÉ !!
Moi qui ne voulais plus m'impliquer avec lui...
Merde... J'ai fini le boulot que je pouvais avancer sur mon Smartphone...
Et si je le réveillais en le frappant...?
Ah, je vais vérifier mes mails, j'en ai plein...
ZZZ...
ZZZ...
Je rêve ou on s'est encore plus rapprochés...?
NON, C'EST SÛREMENT MON IMAGINATION !

ÇA VA, J'AI COMPRIS ! J'ACCEPTE ! ALORS LÂCHE-MOI !
Ah, c'est sorti tout seul !
VRAIMENT ?!
MERCI NAKA-CHAN !
OUAIIIS ! OUAIIIS !
Je vais encore perdre du temps à travailler gratuitement...!!
DOMM
BLOM !
!

ALLEZ, S'IL TE PLAÎT !
MÊME JUSTE TRENTE MINUTES APRÈS LES COURS !
がしっ
GRAB !
S'IL TE PLAÎT, S'IL TE PLAÎT !
H-HÉ !
JE VEUX GAGNER LE CONCOURS !!
ET JE VEUX CRÉER DES T-SHIRTS OFFICIELS !!
ひしっ
GRAB !
JE FERAI TOUT CE QUE TU VOUDRAS !!
GRIP !
Uuh !
Ça craint !
BOBOM
ぎゅっ
Je suis censé être passé à autre chose, pourtant...!
BOBOM
ぎゅっ
La sensation de ce jour me revient...!

C'EST GÉNIAL, NON ?
JE VOIS, BON COURAGE.
REGARDE LE THÈME !
Thème Motifs géométriques
MOTIFS GÉOMÉTRIQUES...?
IL Y A BEAUCOUP DE MOTIFS DE CE GENRE ET C'EST DIFFICILE DE LES DESSINER À LA MAIN !
MAIS ON PEUT FACILEMENT LES REPRÉSENTER AVEC UN LOGICIEL !
ALORS APPRENDS-MOI !
WHAM !
すわっ
PAS QUESTION !

QU'EST-CE QUE TU ME VEUX ?
SI C'EST POUR LE FESTIVAL, JE NE T'AIDERAI PAS.
FRRT
VOILÀ !!
WHAM
HM ? C'EST QUOI ?
UN CONCOURS DE DESIGN DES T-SHIRTS
DU FESTIVAL HAMAROCK QUI SE TIENT CHAQUE PRINTEMPS !
HAMA ROCK FES
LE PREMIER PRIX EST UNE GROSSE SOMME D'ARGENT,
ET UN CONTRAT DE COLLABORATION !
HAMAROCK
CONCOURS DE DESIGN DE T-SHIRTS
LE GAGNANT PEUT CONCEVOIR LES T-SHIRTS OFFICIELS DE LA MARQUE PENDANT UN AN !

DIING DOONG DIING DOONG
SENSEI !
VOUS NE VOUDRIEZ PAS FAIRE LE MANNEQUIN POUR LE DÉFILÉ DE MODE DU FESTIVAL ?
VOUS AUREZ JUSTE À PORTER
CE QUE LES TROISIÈMES ANNÉES AURONT CRÉÉ !
MOI ? MERCI POUR LA PROPOSITION, MAIS...
ET TOI, TU NE VOUDRAIS PAS ESSAYER ? TU AS UN BON STYLE, JE SUIS SÛR QUE ÇA T'IRAIT À MERVEILLE.
Je vais peut-être faire le mannequin finalement !
TAP
TAP
FUITE.
WOH, ENCORE TOI ?!
TU M'ATTENDS EN EMBUSCADE... ?
WIP !
OUAH, JE ME SUIS ENDORMI !
VA DORMIR CHEZ TOI.
NAKA-CHAN, JE T'ATTENDAIS !
J'AI OUBLIÉ DE TE DIRE UN TRUC IMPORTANT CE MATIN !
J'AI UN MAUVAIS PRESSENTIMENT. JE RENTRE.
ATTENDS !

DÉSOLÉ, JE DOIS BOSSER À CETTE HEURE-LÀ !
ET JE VEUX ASSISTER AUX COURS !
Dans ce cas, on se donnera rendez-vous en soirée !
Ok !!
ILS SONT EN FORME CES ÉLÈVES !
TOI...
SCRUTE...
DEPUIS QUAND TU ES AUSSI PROCHE D'UN GARÇON AUSSI CANON ?!
LAISSE CE GENRE D'ÉTUDIANTS AUX PROFS À TEMPS PLEIN COMME MOI !
AH !
DIIING
DOOONG
AH.
OH, J'AURAIS AIMÉ DISCUTER UN PEU PLUS...
AU REVOIR, SENSEI !
«BYE» !
MOI AUSSI,
JE VEUX FLIRTER AVEC MES ÉLÈVES !

JE SUIS PAS EN RETARD AUJOURD'HUI ! FAIS-MOI UN BISOU DE RÉCOMPENSE !
Tu pues l'alcool !
HMM...
TSUMUGI, TU ES ENCORE SAOUL...
HA HA HA ! JE L'AI POSTÉ SUR TWITTER !
FLASH FLASH
Ha ha ha !
NE NOUS PRENDS PAS EN PHOTO !
ET TOI, LÂCHE-MOI !
じゃーん！
TADAM
PLAN A !
UN CHALLENGE ENTRE AMIS POUR ÉVITER DE SOMNOLER ! UN FRANC SUCCÈS !
BON, ON SE VOIT EN COURS !
AU FAIT, TSUMU !
SI ON ALLAIT À LA SOIRÉE MOUSSE DEMAIN ?
CARRÉMENT !
ELLE EST SPONSORISÉE PAR UN AMI DE MON PÈRE.
IL Y AURA MÊME UN CANON À BULLES.
SÉRIEUX ?!
ÇA COMMENCE TÔT, EN TOUT DÉBUT D'APRÈS-MIDI. ON A QU'À SÉCHER LES COURS.
Pff... Je me sens déjà crevé...
Ça va ?
AH...

TAP !
TAP !
NAKA-CHAAAN !!
TAP !
GRAB
UN CÂLIN PAR DERRIÈRE !
YAAH !
ARGH !
BLOM !
M-MON DOS... !
TU ES-SAYES DE ME TUER OU QUOI, HIROSE ?!
TU M'AS MANQUÉ ! LA SEMAINE A ÉTÉ LONGUE SANS TE VOIR !
Non non ! Je ne dois pas me laisser amadouer...!
JE T'ADORE !
JE T'ADORE !
GRIP

SALUT TATSUYA !
SALUT.
TU AS L'AIR DÉTENDU, NON ?
JE SUIS ALLÉ M'AMUSER AVEC UN ADULTE, ÇA M'A CHANGÉ LES IDÉES.
SÉRIEUX ?
TU ÉTAIS SUR LE POINT D'EXPLOSER À FORCE D'ÊTRE ENTOURÉ DE TOUS CES JEUNES ÉTUDIANTS ?
.....
DIS-MOI PLUTÔT ...
POURQUOI L'AMBIANCE DE L'UNIVERSITÉ EST DIFFÉRENTE DE LA SEMAINE DERNIÈRE ?
Quel tissu magnifique !
Pas vrai ?
PAAH !
PARCE QUE LE FESTIVAL APPROCHE !
AH, EUH...
C'est qui ?
LE PROFESSEUR DE PHOTOGRAPHIE.
Psst
TU VERRAS, LE FESTIVAL DE NOTRE FAC EST «FANTASTIC» !
JE M'APPELLE ERIC ! ENCHANTÉ, NAKAHARA !

TU RENTRES ?
OUI, JE COMMENCE TÔT DEMAIN.
Je vois.
N'HÉSITE PAS À PASSER ME VOIR QUAND TU VEUX !
SMILE
FLAP FLAP
FIOUUU !
Le sexe entre adultes est vraiment le meilleur !
ON COUCHE ENSEMBLE ET ON SE SÉPARE PAISIBLEMENT...
Ça fait une semaine.
Ce sentiment a enfin disparu.
Je vais voir Hirose demain, mais je suis sûr que ça ne me fera plus aucun effet.
AH LÀ LÀ...

JE SUIS CERTAIN…
QUE TU TE TOURMENTES ENCORE POUR DES FUTILITÉS.
C'EST GÉNÉRALEMENT LE CAS QUAND TU AS ENVIE DE T'AMUSER.
TU ME CONNAIS BIEN.
TU ES D'ACCORD AUJOURD'HUI AUSSI ?
NNH…
ARRÊTE DE ME TITIL-LER…
Aah ! Aah !
HAA… ! TATSUYA !
HAA !
HAA !
GSH
HAA…
GSH
GSH

...TATSUYA ?
AH.
ÇA FAIT LONG-TEMPS.
QU'EST-CE QUE TU FAIS ICI ?
C'EST RARE QUE TU VIENNES CHERCHER UN PARTENAIRE UN JOUR DE SEMAINE...
JE SUIS JUSTE LÀ POUR ME CHANGER LES IDÉES.
ET DANS L'ESPOIR DE TE VOIR.
NE DIS PAS N'IMPORTE QUOI.
ALORS QUE TU NE VEUX MÊME PAS ME DONNER TON NUMÉRO DE TÉLÉPHONE...

SPLASH !
しゃ
Je n'arrive pas à me l'enlever de la tête...
Il est instable et incompréhensible,
mais son corps est si sexy, totalement mon type !
AAANH !
Je suis déjà sorti avec un mec à la main si douce par le passé,
et il s'est enfui avec tout mon argent !
Si ça continue, ma vie tranquille de gay rangé va s'effondrer !
Je dois faire quelque chose...!

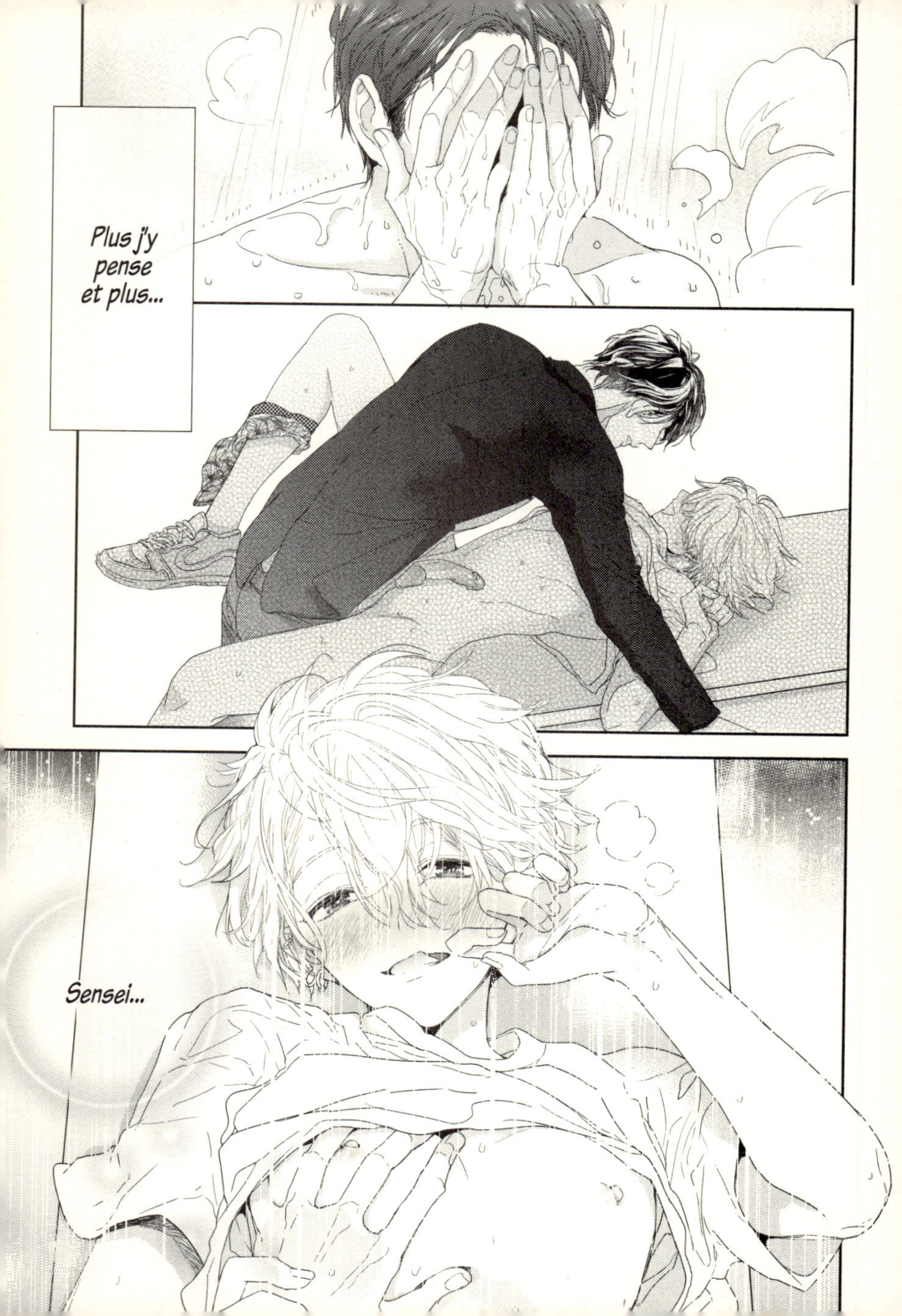
Plus j'y pense et plus...
Sensei...

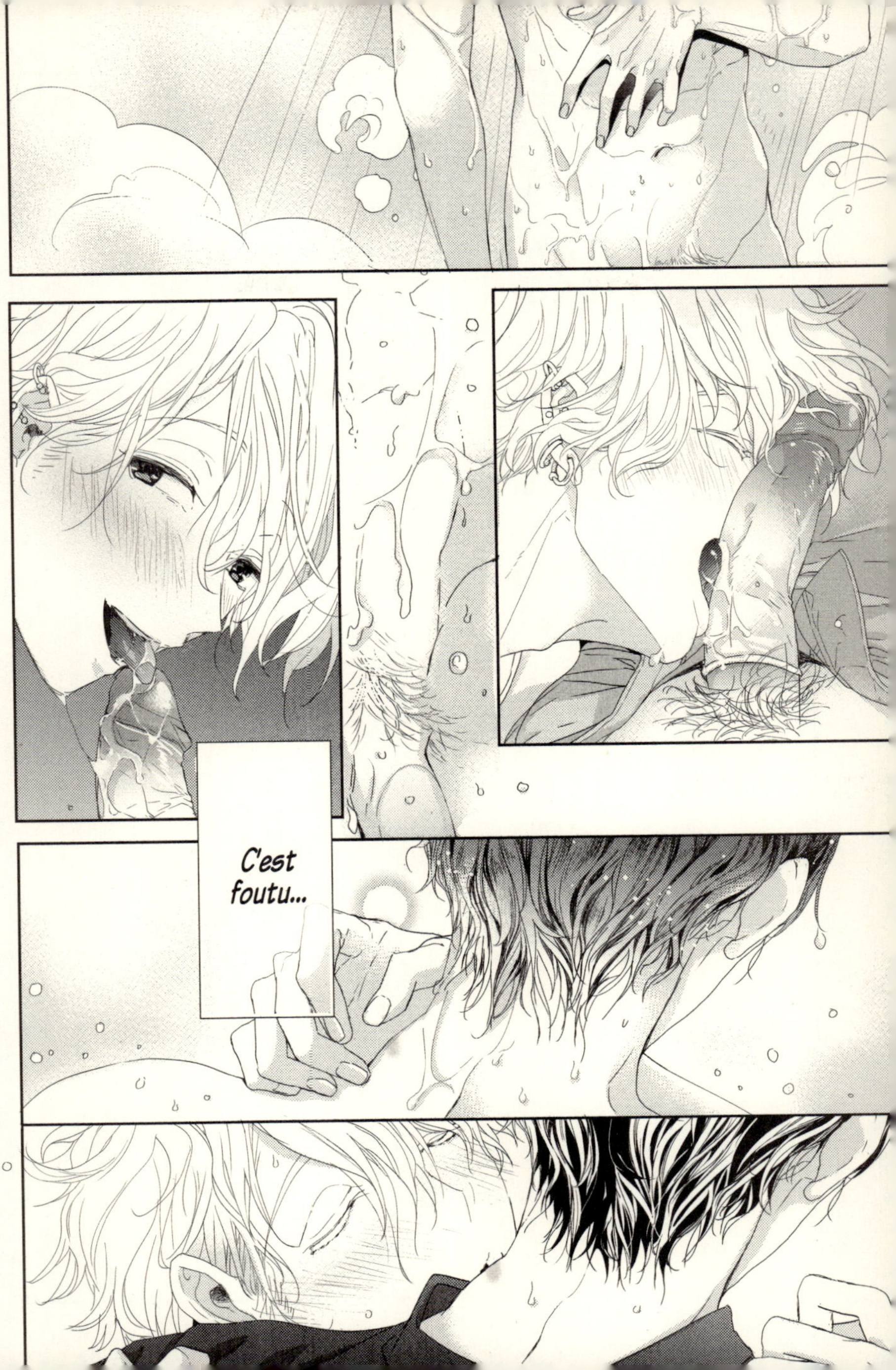
C'est foutu...

Chapitre 2

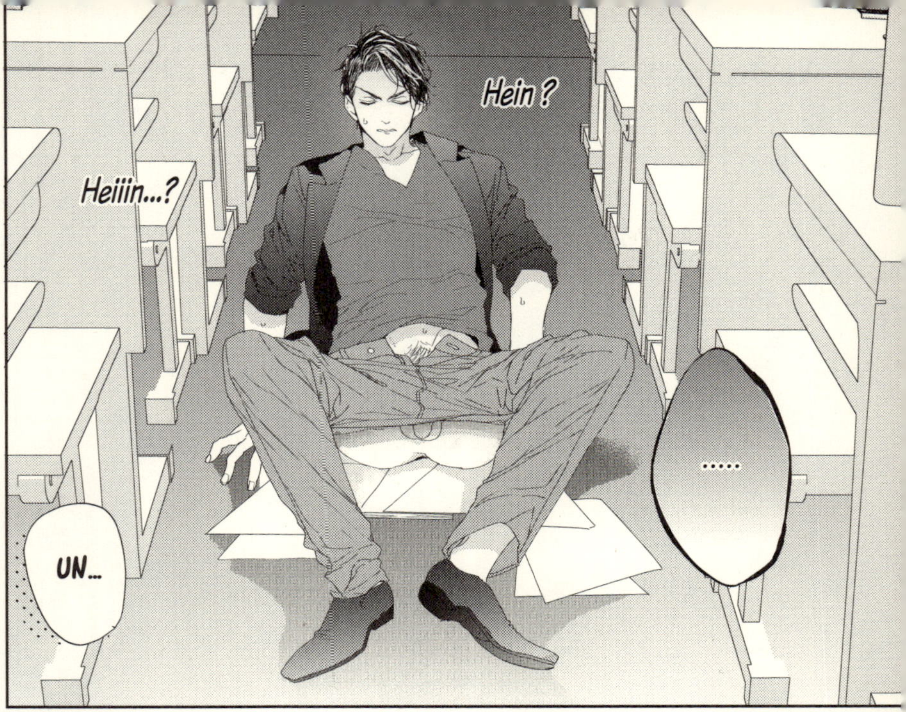
Hein ?
......
Heiiin...?
UN...

Vite !
Vite !
UN EX-
TRATER-
RESTRE...

PAF !
PAF !
ON L'A FAIT DEUX FOIS DU COUP !
ROOH ! C'ÉTAIT POUR TE REMERCIER !
J'AVAIS PAS PRÉVU DE JOUIR AUSSI !
WIP !
TU SAIS T'AMUSER EN FAIT, NAKA-CHAN !!
J'AVAIS ÉTÉ RÉSERVÉ AUJOURD'HUI, MAIS JE CROIS QUE C'EST FOUTU...
PAS GRAVE, JE M'OC-CUPERAI DE LUI AVEC LA BOUCHE ET ÇA IRA !
OUAH, JE DOIS ALLER BOSSER, C'EST L'HEURE !
SST !
FLAP !
À BIENTÔT ! BYE !

C'ÉTAIT TROOOP BON !!
SÉRIEUX !

Qu'est-ce que je suis...
En train de faire...?!
QUOI ?!
Je me suis emporté...!
JE ME SUIS MIS AU-DESSUS...
SENSEI M'A FORCÉ !
PÈRE
MÈRE
QUOI ?!
Un conférencier à temps partiel agresse son étudiant
Désirs incontrôlables
Arrestation
WHAM
JE SUIS FINI...

SCHLIK
PLIC
PLIC
Aaah ...! ♡
HAA !
HAA !
FRISSON
Haa ! ♡
Aah ...!
FRISSON
FRISSON
HAA !
FRISSON ♡
HAA !
PLIC
PLIC
PLISH
PLISH
ÉPUISÉ
HAA...!
HAA...!
FRISSON
FIOUU
AH !
CE N'EST PAS LE MOMENT D'ÊTRE SOULAGÉ !!

Haa ! ♡
!?
SWOUP
PLISH
PLISH
Aaah ! ♡
PLAF
PLAF
PLISH
PLISH
HAA !
HAA !
Aah ! ♡
Non ♡ !
FRISSON
GSH
GSH
Sensei ! ♡
Haaa ! ♡
PLAF
PLAF
Aanh ! ♡
FRSH ♡
!
Ce sale gosse...!
Sen...!
Il est habitué au sexe occasionnel !
HAA...! ♡
Sensei !! ♡
SCHLIK !
PLIC
PLIC

Se moquer d'un adulte alors qu'il n'est même pas gay...!
BOBOM
SWOUP...
PLISH
PLISH
PLISH
FRISSON
Nh... !
Aanh !
PLAF
FRISSON
PLAF
PLAF
PLISH
PLISH
PAF
PAF
HAA !
HAA !
Aaah ! Aaah !
FRISSON
HAA !
HAA !
HAA !

PLAF
Ouah ! ♡ ♡
FRISSON
Il s'est peut-être amusé avec des jouets ?
Ou avec ses potes pour rigoler ?
RELÈVE LES FESSES.
PLAF
PLAF
FRRT
HAA !
HAA !
NAKA-CHAN !
ATTENDS !
NE BOUGE PAS !
AAAAH !
JE VIENS JUSTE DE FI...
FRISSON
FRISSON
PLAF
C'est sûrement un truc du genre.
....!
FRISSON

Je le sais
justement
parce que
je suis gay.
Il n'est pas
comme moi.

ばちゅんっ PLAF
ばちゅんっ PLAF
Aah ! ♡
Hirose...
Haa ! ♡
Tu es gay en vérité...?
Aah !
Sensei ...! ♡
Non...
Ce n'est pas ça...
HAA...!
HAA...!
Il est différent.

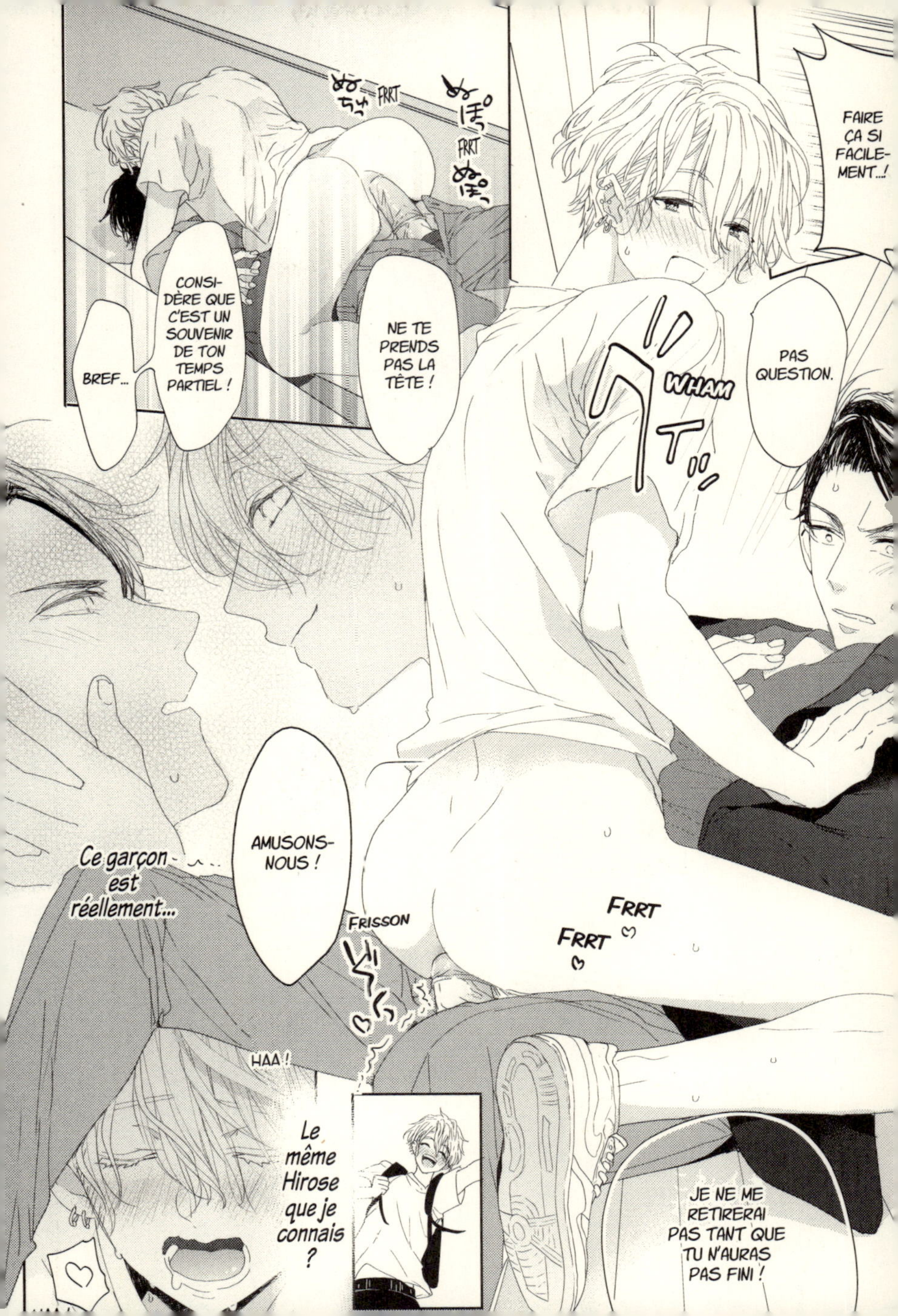
FAIRE ÇA SI FACILEMENT...!
PAS QUESTION.
WHAM
FRRT
FRRT
NE TE PRENDS PAS LA TÊTE !
CONSIDÈRE QUE C'EST UN SOUVENIR DE TON TEMPS PARTIEL !
BREF...
AMUSONS-NOUS !
FRRT
FRRT
FRISSON
Ce garçon est réellement...
JE NE ME RETIRERAI PAS TANT QUE TU N'AURAS PAS FINI !
HAA !
Le même Hirose que je connais ?

PUSH
GNN
PLISH
HAA...!
C'EST ... RENTRÉ...!
HAA...!
HAA...!
GNN
Haa...
HAA...!
Ah ! Ouah !
FRISSON
PLAF !
FRRT
GRIP !
INCROYABLE SENSEI !
C'EST TROP BON...!
ARRÊTE...!
FRISSON
FRISSON

POUIC ♡
TON SPERME EST À MOI, SENSEI !
IL M'A FAIT JOUIR...
DÉFAITE
PLISH
PLISH
HÉ ! QU'EST-CE QUE TU...?!
TU ES ENCORE DUR !
CE SERAIT VRAIMENT DOMMAGE
DE NE PAS EN PROFITER PLEINEMENT, NON ?
PLISH
PLISH
TU NE VAS PAS ME DIRE QUE TU VEUX ABSOLUMENT UN LIT ?
HI-ROSE !!
POURQUOI TU NE VEUX PAS ?
Ah ! PARCE QU'ON EST DEUX HOMMES ?
QUE TU ES SÉRIEUX,
NAKA-CHAN !
SERRE...
PLISH
PLISH
GSH

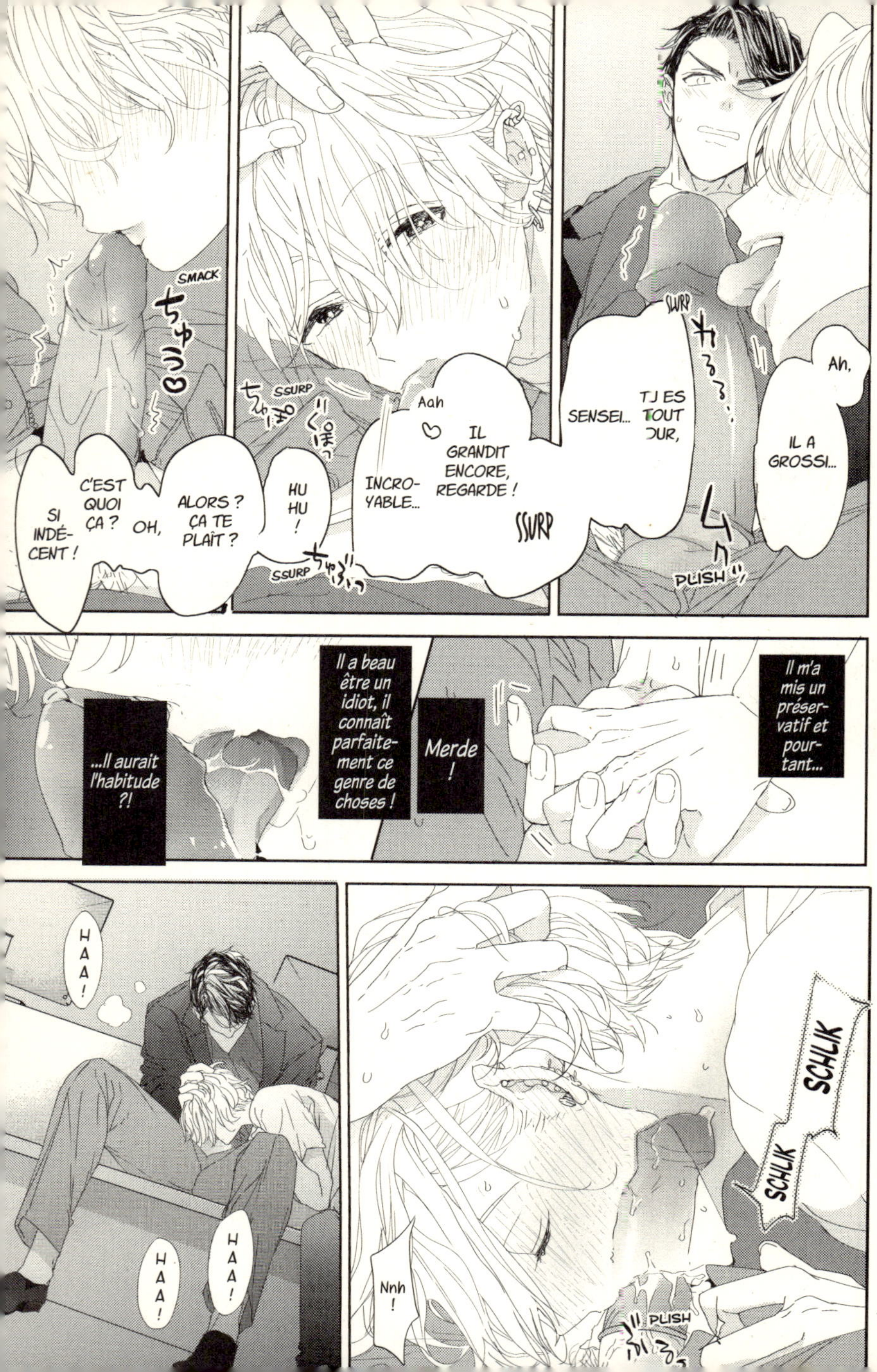
SLURP
Ah,
IL A GROSSI...
SENSEI... TU ES TOUT DUR,
PLISH
SSURP
Aah ♡ IL GRANDIT ENCORE, REGARDE !
INCROYABLE...
SSURP
HU HU !
SSURP
SMACK
ALORS ? ÇA TE PLAÎT ?
OH, C'EST QUOI ÇA ?
SI INDÉCENT !
Il m'a mis un préservatif et pourtant...
Merde !
Il a beau être un idiot, il connaît parfaitement ce genre de choses !
...Il aurait l'habitude ?!
SCHLIK
SCHLIK
Nnh !
PLISH
HAA !
HAA !
HAA !

HIROSE !!
WHAM !
TSS...
D'ACCORD...
HAAA
VSH
すっ
!
はぷっ
SSURP
H-HÉ !!
J'AI ARRÊTÉ D'UTILISER MES MAINS...
FRISSON
ビクッ
SLURP
ちゅぷ

EN REMERCIEMENT D'ÊTRE RESTÉ M'AIDER APRÈS LES COURS...
PLISH
LAISSE-MOI FAIRE.
PLISH
PAS BESOIN !
LÂCHE-MOI !
Ça craint...
POURQUOI ? JE NE LE DIRAI À PERSONNE !
PROMIS !
Sa main est si chaude et douce...
FUUH
GSH
FRRT
PLISH
FRRT FRRT
PLISH
....!
FRRT FRRT
PLISH
FLISH
EXCITÉ...
HIROSE !! ÇA SUFFIT ...
JE N'ARRÊTERAI PAS TANT QUE TU N'AURAS PAS DIT MON PRÉNOOOM !
PLISH
PLISH

DÉSOLÉ, JE T'AI SURPRIS ?
MAIS ÇA T'A PLU, NON ?
TU...!
!
GSH
HIRO...!
SLURP
SLURP
IDIOT !
SLURP
ARR...
SLURP
ARRÊTE...!
SLURP
FRRT
FRRT
TU COMPRENDS CE QUE TU ES EN TRAIN DE FAIRE LÀ ?!
OUI, UN SERVICE ÉROTIQUE !
Ah...!
GRAB !
OUAH, T'ES EN ÉRECTION !
Quoi... ?!
PLISH
SST!
....!
QU'IL EST LONG, SENSEI !
BOBOM
TROP CLASSE...
BOBOM
PLISH
FRISSON
GHH !
IDIOT !

Que...
...?!
SLURP
SLURP
SLURP
SLURP
Haa !
Mhh !
HAA...
Nh ...!
SLURP
SLURP
HAA !
FRSH
FLAP
HAA !
HAA !
Haa ...!
HAA...
HAA...
SENSEI,
TU AIMES QU'ON T'EMBRASSE À QUELS ENDROITS ?

SMACK
ちゅっ

ET VOILÀ !!
AH !
REGARDE, JE SUIS UN GÉNIE !!
Regarde !
Complimente-moi !
Regarde !
TU T'ÉGARES DÈS QUE TU OUVRES LA BOUCHE...
HEIN ?
NON, RIEN.
JE CROIS QUE J'AI COMPRIS LE PRINCIPAL !
N'OUBLIE PAS TOUT APRÈS AVOIR DORMI.
HÉ HÉ !
MERCI, SENSEI !
DE RIEN... DÉPÊCHE-TOI DE RENTRER.
JE VAIS FERMER LA SALLE.
AH, ATTENDS !
J'AIMERAIS QUE TU M'APPRENNES UN DERNIER TRUC !
QUOI ?

De grands yeux...
Qui lui confèrent un côté mignon...
Il se démarque des autres,
clairement...
.....
Il ressemble à une poupée quand il se tait...

AH, COMMENT TU AS FAIT ÇA À L'INSTANT ?!
TU PEUX AFFICHER LES MATIÈRES PREMIÈRES GRÂCE AU MENU EN HAUT...
PUIS TU UTILISES CETTE BARRE POUR AGRANDIR LES MOTIFS...
ZUUUU
OUAAH, INCROYABLE !
Ce n'est pas si incroyable...
OU LES RÉTRÉCIR...
Sérieux ?!
ZUUUU
OUAH ! JE VEUX ESSAYER ! JE VEUX ESSAYER !
PAF
PAF
OUI OUI...
C'est inattendu mais il est attentif...
ET IL COMPREND VITE,
IL A PEUT-ÊTRE UN CERTAIN TALENT FINALEMENT...
Comme ça ?!
J'ai réussi ! C'est super intéressant !
On peut créer des chemises trop classes !

DONC, CE SERA JUSTE POUR CETTE FOIS.
NE LE DIS À PERSONNE.
!
POF
NAKA-CHAN !
«SENSEI».
Naka-chan, je t'adore !!
はた
STOP
HIROSE... TU SAIS FAIRE LA DIFFÉRENCE ENTRE UN CLIC GAUCHE ET UN CLIC DROIT...?
NE ME DITES PAS QUE...
?
OUI !!!
OUF, TANT MIEUX.
Tu n'es pas à ce point stupide quand même...
CLIC
CLIC
CLIC
...ENSUITE, TU FAIS GLISSER LA PARTIE QUE TU AS CHOISIE POUR LA METTRE SUR LE MANNEQUIN.
CLIC
D'ACCORD...

APPRENDS-MOI COMMENT UTILISER LE LOGICIEL APPAREL CAD !
J'AI ABSOLUMENT RIEN COMPRIS DE CE QUE TU AS EXPLIQUÉ AUJOURD'HUI !
POURQUOI TU PARLES DE TRUCS AUSSI COMPLIQUÉS... VOILÀ CE QUE DISAIT SON REGARD.
IL NE ME MAUDISSAIT PAS ALORS ?
TU AS ATTENDU LA FIN DE TOUS MES COURS POUR ME DEMANDER ÇA ?
TU AURAIS PU ME POSER DES QUESTIONS PENDANT LA CONFÉRENCE.
Vous êtes en petit nombre en plus.
BOUH
C'EST GÊNANT DE DEMANDER DEVANT TOUT LE MONDE...
Eh bien...
Il peut avoir ce genre de réactions mignonnes parfois...?
MAIS JE N'AI PAS DU TOUT LE TEMPS,
AH !
ALORS JE VAIS REFUSER FERMEMENT !
FRRT
FRRT
.....
JE NE SUIS PAS PAYÉ POUR DONNER DES COURS PARTICULIERS.
JE NE SUIS QU'UN CONFÉRENCIER À TEMPS PARTIEL, ENSEIGNER N'EST MÊME PAS MON MÉTIER.
VSH...

SENSEI, TU AS UNE MINUTE ?
Hirose ?!
Il est venu se plaindre ?!
Il m'attendait carrément !
TON OREILLE !
QUOI ?
PRÊTE-MOI TON OREILLE !
HEIN ?

C'est quoi ce regard ?
Il a un reproche à me faire ?
Ma leçon l'a déçu ?
DIIING
DOONG
SWOUP !
!
DIRE QU'IL ME HARCÈLE TOUJOURS COMME UN IDIOT D'HABITUDE...!
Si tu n'es pas content de mon cours, dis-le clairement !
DIIING
DOONG
DIIING
DOONG
BON, J'AI TERMINÉ POUR AUJOURD'HUI...
JE DOIS RETOURNER AU BUREAU TRAVAILLER SUR LE PROJET...

DANS LE COURS D'AUJOURD'HUI, JE VAIS VOUS APPRENDRE À VOUS SERVIR DU LOGICIEL APPAREL CAD.
VOUS ALLEZ VOIR QUE SES NOMBREUSES FONCTIONNALITÉS SONT TRÈS PRATIQUES,
MAIS LE RENDENT ÉGALEMENT ASSEZ DIFFICILE D'UTILISATION, VOUS DEVEZ DONC ÊTRE TRÈS ATTENTIF.
VOUS POUVEZ FAIRE PIVOTER LE MANNEQUIN 3D COMME DANS CET EXEMPLE,
VOUS PERMETTANT DE VÉRIFIER FACILEMENT LES MANCHES...
Hm ?
すぅ、
む、
MMMH...

Tenez, la vérification des couleurs est terminée.
JE CROIS QU'IL A ENVIE DE SE RAPPROCHER DE VOUS, NAKAHARA-SAN !
Ce garçon.
COMME ON FAIT À L'ÉCOLE PRIMAIRE...
Hop hop
TAP TAP...
Vous vous amusez bien, on dirait...
OU COMME DES CANETONS QUI SUIVENT LEUR MÈRE !
KYAAA
Haa...
VOUS VOUS HABITUEREZ, VOUS VERREZ !
Naka-chan ! Tu penses quoi des designs que j'ai dessinés ?
Ah, euh...
Je dois rester calme,
JE N'AI PAS TROP LE CHOIX DE TOUTE FAÇON, DIFFICILE D'IGNORER UN DE MES ÉLÈVES...
Salut
Salut
Oui, bonjour...
TAP !
TAP !
すたすたすた
et faire de mon mieux...

JE PLAISANTE !!
つん
POUIC
GRR !
T'AS FAIT UNE DE CES TÊTES EFFRAYANTES !!
HIII ——!!
QUE ...!
PAS DU TOUT !
TON FRONT S'EST PLISSÉ DU COUP !
TU ES SI SÉRIEUX ET POURTANT...!
TA RÉACTION ÉTAIT TROP MIGNONNE !
MÊME SI JE SUIS BIEN PLUS MIGNON !
TU PEUX AUSSI AVOIR CE GENRE D'EX-PRESSIONS !
MIGNON ?!
かわいい?!
QUE C'EST MIGNON !
青山ビル
美大公司
岩木歯科

AH, NAKA-CHAN !
SALUT !
IL NE SAIT MÊME PAS DIRE BONJOUR CORRECTEMENT ?!
Ok !
Je vous rejoins !
S-SA... ?!
AAAH !
NAKA-CHAN ! TON SAC !
JE L'AI VU DANS UN MAGAZINE !
IL EST CHER ?!
OUI, TRÈS.
ながし
SE DÉTOURNE...
JE LE SAVAIS !!
YEAAH !!
FFT !
さっ
DONNE-LE-MOI !
HEIN ?

TU VEUX ALLER OÙ ?
JE PEUX T'Y EMMENER !
Quel garçon voyant...
AH,
À LA SALLE DES PROFESSEURS...
Mais il est gentil.
Il ne faut pas se fier aux apparences...
C'est par là !
Tu es classe, seulement...
T'ES UN NOUVEL ÉTUDIANT ? T'AS L'AIR VIEUX.
JE NE SUIS PAS UN ÉTUDIANT !
JE SUIS CONFÉRENCIER !
UN PROF ?!
MOI AUSSI, J'AI CHOISI L'OPTION GRAPHISME ! MERCI D'AVANCE POUR LES COURS !
Qu'est-ce qu'il a, ce gosse...
Il n'a pas du tout changé d'attitude même après avoir appris que j'étais enseignant...
En plus, il est bruyant,
impoli,
et bruyant !

Amphithéâtre 1
Bibliothèque
Clubs
Amphithéâtre 2
De toute façon, notre première rencontre fut déjà affreuse.
Bibliothèque
Amphithéâtre 2
Terrain de sport
Amphithéâtre 4
DIS !

TU SAIS COMBIEN DE PROJETS JE POURRAIS HONORER À LA PLACE DE CES HEURES DE COURS ?
DÉSOLÉ MAIS JE N'AI PAS LE TEMPS DE M'OCCUPER DE GAMINS IMMATURES.
C'EST VRAI QUE LES ENTREPRISES DE DESIGN COMME LA TIENNE ONT BEAUCOUP DE BOULOT EN CE MOMENT,
JE NE VEUX PAS TE FORCER...
SEULEMENT, LE SALAIRE EST VRAIMENT INTÉRESSANT !
LA NOUVELLE ANNÉE SCOLAIRE COMMENCE QUAND ?
D'AILLEURS !
ÇA TE RESSEMBLE BIEN DE CHANGER DIRECT D'AVIS EN ENTENDANT LE MOT «SALAIRE» !
TOUJOURS AUSSI AVARE !
Aah...
Je dois penser à ma retraite...!
JE SUIS UN GAY DIFFICILE À SATISFAIRE ET QUI AIME LA SÉCURITÉ !
JE PRÉFÈRE PRENDRE DE L'AVANCE...
TU AS UNE BONNE PAYE RIEN QU'EN FAISANT QUATRE HEURES PAR SEMAINE ! SOIS M'EN RECONNAISSANT !
ET REGARDE !
TU ES EN PLUS ENTOURÉ DE NOMBREUX MIGNONS ÉTUDIANTS !
Vive les écoles de mode !
JE REFUSE DE VOIR LES ÉLÈVES DE CET ŒIL-LÀ...
OOH, MAIS C'EST QUE TU ES INTÈGRE !
Traître !!

Salle de repos
HA
HA
HA
HA HA
WAH
«NAKA-CHAN», «JEUNE FILLE»...!
HI HI HI !
VOILÀ DES HOMMES MARRANTS !
HI HI !
POURQUOI JE TOMBE TOUJOURS SUR DES IDIOTS ?
IMPOSSIBLE DE CROIRE QU'ILS SONT DE LA MÊME ESPÈCE.
Ce ne sont encore que des «garçons».
Aah, trop drôle...
ENFIN, JE SUIS SOULAGÉ, TES ÉLÈVES ONT L'AIR DE T'APPRÉCIER.
TU SERAS MAÎTRE DE CONFÉRENCES POUR UN AN,
MAIS TU DEVRAIS ENVISAGER DE LE RESTER, NON ?
HORS DE QUESTION.
QUELLE RÉPONSE RAPIDE !
QUAND TU M'AS PARLÉ DE DEVENIR ENSEIGNANT CONTRACTUEL,
TU M'AS VENDU LE POSTE EN DISANT QUE C'ÉTAIT BIEN PAYÉ ET QUE LES ÉTUDIANTS ÉTAIENT SÉRIEUX...
ILS CHERCHENT UN DESIGNER GRAPHIQUE POUR ENSEIGNER LE MÉTIER !
AH BOOON ?

TSUMUGI.
Ton sac.
Salut !
AH ! KAO-CHAN ! NANAHARU !
Merci !
Haa...
TAP !
JE T'AI APPORTÉ LE SHOJO MANGA DONT ON A PARLÉ L'AUTRE JOUR, TSUMU.
IL ÉTAIT DANS LA BIBLIOTHÈQUE DE MA GRANDE SŒUR.
OUAH, THANK YOU ! J'AVAIS TROP ENVIE DE LE LIRE !
C'EST NAKA-CHAN QUI A FAIT LE DESIGN !
Il est super dur à trouver !
SURSAUTE
SENPAI...
OOH...
COMMENT DIRE ...
QUELLE DOUCEUR...
C'EST LA JEUNESSE...
ÇA SCINTILLE DE PARTOUT !
VOUS ÊTES TOUJOURS SI STRICT D'HABITUDE, ON NE DIRAIT PAS QUE C'EST DE VOUS !
OUAAAH !
VOTRE AIR SÉVÈRE CACHE EN VÉRITÉ...
T'ES UNE JEUNE FILLE OU QUOI, NAKA-CHAN ?!
HA HA HA HA !
.....

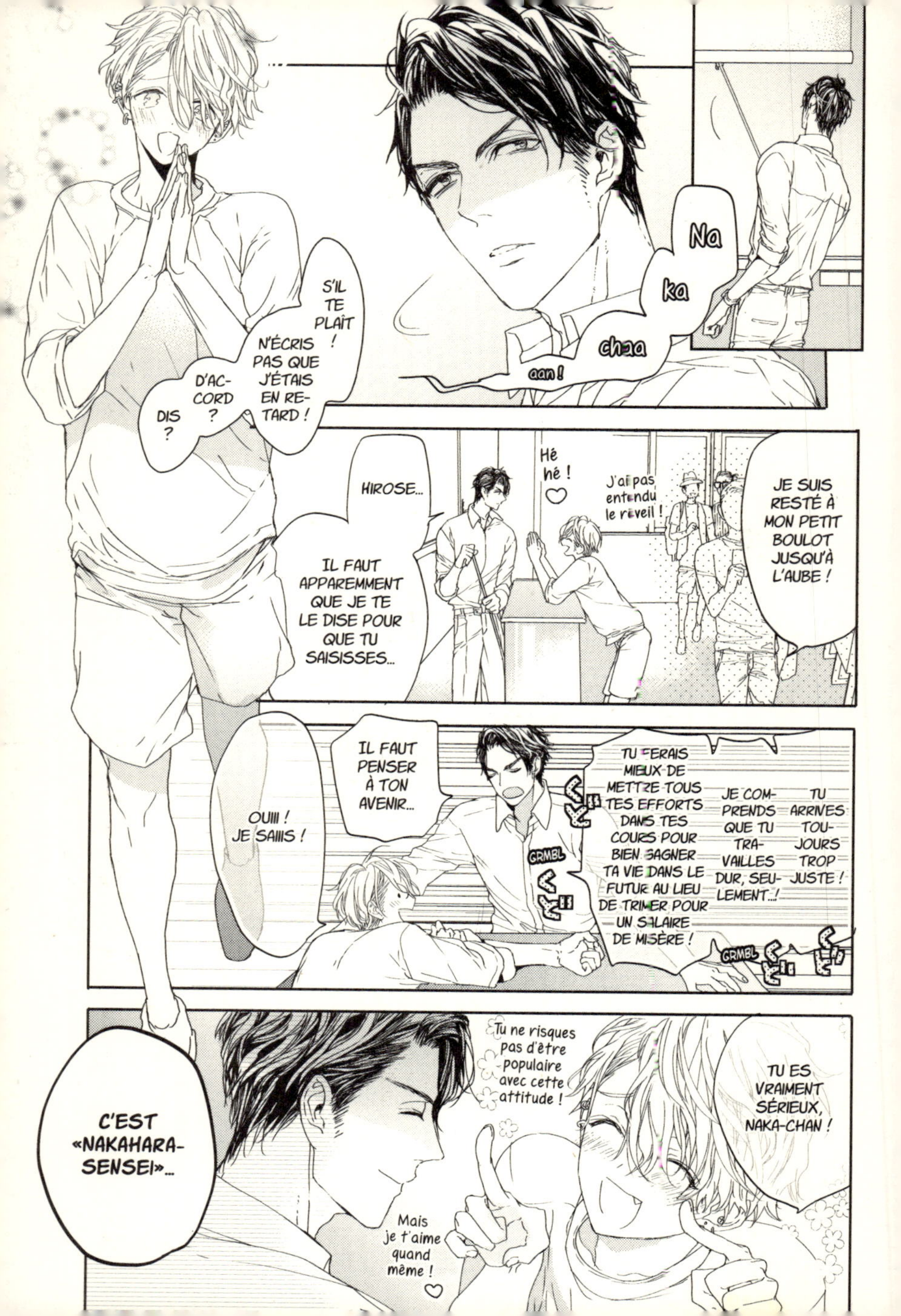
Na ka chaa aan !
...
S'IL TE PLAÎT ! N'ÉCRIS PAS QUE J'ÉTAIS EN RETARD !
D'ACCORD ?
DIS ?
JE SUIS RESTÉ À MON PETIT BOULOT JUSQU'À L'AUBE !
J'ai pas entendu le réveil !
Hé hé ! ♡
HIROSE...
IL FAUT APPAREMMENT QUE JE TE LE DISE POUR QUE TU SAISISSES...
TU ARRIVES TOUJOURS TROP JUSTE !
JE COMPRENDS QUE TU TRAVAILLES DUR, SEULEMENT...!
TU FERAIS MIEUX DE METTRE TOUS TES EFFORTS DANS TES COURS POUR BIEN GAGNER TA VIE DANS LE FUTUR AU LIEU DE TRIMER POUR UN SALAIRE DE MISÈRE !
GRMBL
GRMBL
IL FAUT PENSER À TON AVENIR...
OUIII ! JE SAIIIS !
TU ES VRAIMENT SÉRIEUX, NAKA-CHAN !
Tu ne risques pas d'être populaire avec cette attitude !
Mais je t'aime quand même ! ♡
C'EST «NAKAHARA-SENSEI»...

Voici l'université Gotô Akinobu, spécialisée dans la mode.
Cette école conventionnelle au taux de diplômés assez élevé
comprend tout de même des élèves plus ou moins sérieux.
Du stylisme au management de commerces, ses filières sont diverses,
et ses nombreuses connexions avec le monde du travail en font un très bon tremplin
pour entrer dans la vie active.
Du moins, je crois.
Car moi, Tatsuya Nakahara, 26 ans, designer graphique de métier,
ne suis pas trop au courant de la situation vu que je travaille ici à temps partiel.
DIING
DOONG

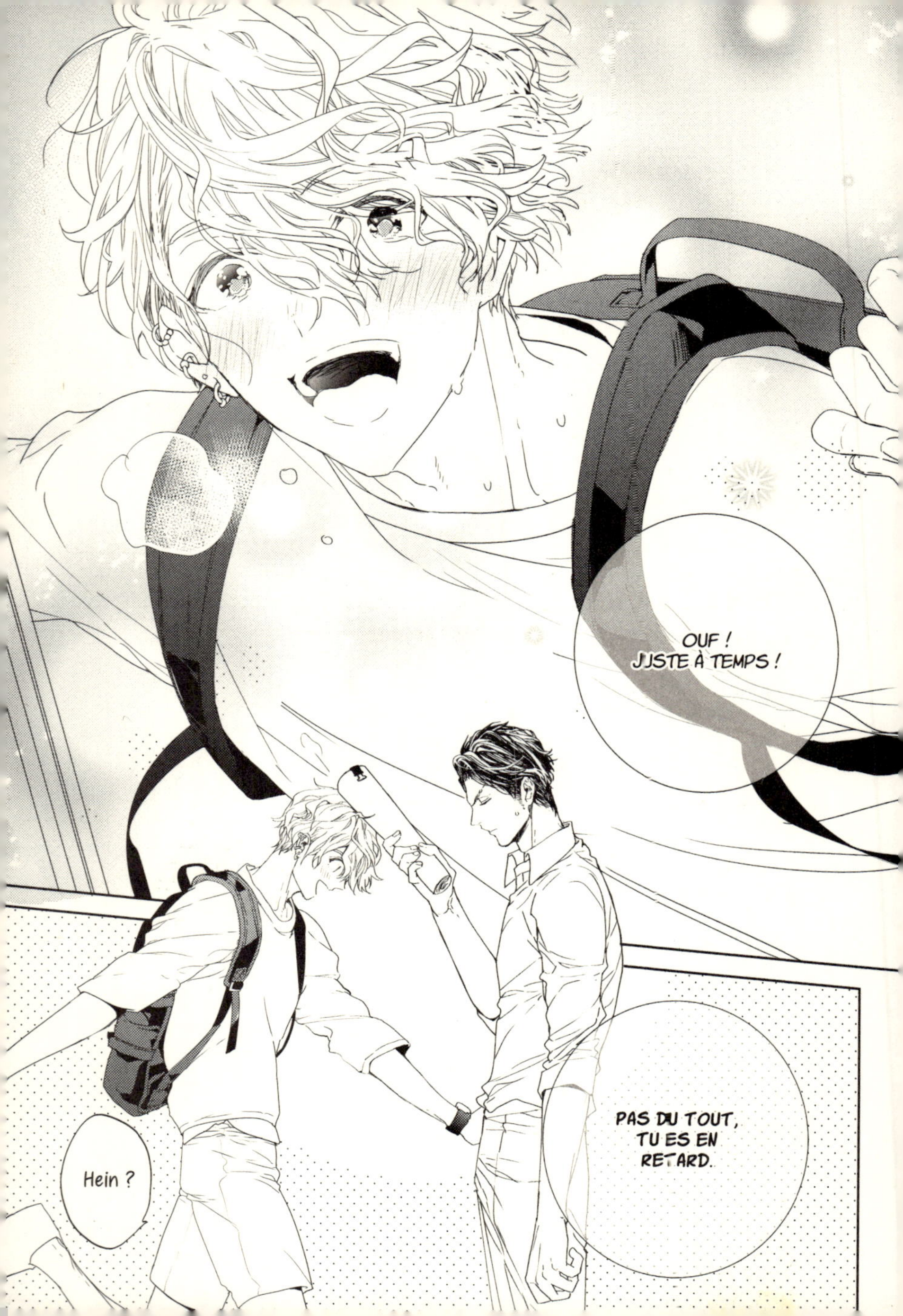
OUF ! JUSTE À TEMPS !
PAS DU TOUT, TU ES EN RETARD.
Hein ?

HAA !
HAA !
HAA !
J'AI DORMI PENDANT LA PREMIÈRE PÉRIODE,
MAIS JE VEUX ÊTRE BIEN DEVANT POUR CE COURS !
C'est clair !
DIIING DOONG
DIIING DOONG
KYAA !
NAKAHARA-SENSEI, BONJOUR !
IL NOUS A ENTENDUES ?!
BONJOUR.
Ah,
il n'est pas là aujourd'hui ?
FUUH...
BIEN, ASSEYEZ-VOUS.
ON COMMENCE LA CONFÉRENCE.
SHKAC !

On est professeur et élève.
Chapitre 1